Patrick Rabe

Jeanne, Magdalena und der Geruch von Ozon

Innenansichten der Wohnung und Seele eines älteren Junggesellen aus dem Kaff K.

Ein dystopischer Gedichtroman

„Jeanne, Magdalena und der Geruch von Ozon"

Innenansichten der Wohnung und Seele eines älteren
Junggesellen aus dem Kaff K.

Ein dystopischer Gedichtroman

Originalausgabe

© by Patrick Rabe, 2021

Herstellung und Verlag:
BoD - Books on Demand, Norderstedt

ISBN: 9783754315248

Gewidmet

Franz Kafka,
George Orwell,
Aldous Huxley,
Anthony Burgess,

Bob Dylan,
Allen Ginsberg,
Henry Miller,

Dirk von Lowtzow,
Tilman Rossmy
und
Jochen Distelmeyer,

dem Blick aus Augen,
der Berührung von Händen,
dem Klopfen und Dröhnen der Straße,
der leichigen Schweißfeuchtigkeit
im Dunst von Schlafzimmern im Hochsommer,
dem Fallen in Münder,
dem rasenden Küssen,
den aneinander schwitzenden,
sich aneinander reibenden,
ineinander eindringenden,
miteinander fickenden nackten Körpern…

dem Schreien,
dem Stöhnen,
dem Lachen,
dem Weinen,
und den Worten
aus Mündern ohne Maske, Schleier oder Maulkorb,

der heißen Asphaltstraße unter den Füßen,
dem Funkeln der Sterne,
dem Leuchten der Sonne,
der Kühlung des Mondes,

der Hamburger Schule und der Poetry-Slam-Bewegung

und der Kunst,
Kunst nicht zu zensieren,
Sex nicht zu kaschieren,
und Kultur nicht zu verschulen.

Ein Morgen im Kaff K.,

einer Kleinstadt, die nach einer langen Nacht aus unruhigen Träumen erwacht...

Die Stadt

Einer geht durch die Stadt und singt ein Liebeslied.
Ein Lied der Sehnsucht und der Erwartung der Liebsten.
Das Lied hallt von den Wänden wider und weckt die Schlafenden.
Der Liebende geht bis zum Ende der Straße
und biegt in ein anderes Viertel ab.

Und dann erwacht die Stadt und gibt ihr Echo.

Ein Lied des Hasses.

Gottes Geruch und der Leihatem der Sphinx
(Blues in soundsoviel Takten auf der Waschmaschine gespielt)

Ich mach heut früh das Fenster auf,
und Gott riecht nach Ozon.
Ich mach heut früh das Fenster auf,
und Gott riecht nach Ozon.
Die Nachbarin hat mich gegrüßt,
genau wie gestern schon.

Ich kauf mir einen Blumenpott,
und setz ihn auf den Kopf.
Ich kauf mir einen Blumenpott,
und setz ihn auf den Kopf.
Auf jeden Pott ein Deckel,
und ich bin kein armer Tropf.

Ich geh durch die Gemeinde,
Opa Schulze pflegt ein Beet.
Und ich geh durch die Gemeinde,
Opa Schulze pflegt ein Beet.
Und `ne Frau, sie jodelt „Ablabäh!",
sie ist im Kopf verdreht.

Zuhause google ich das Wort,
`s heißt: „Abel ist ein Schaf."
Zuhause google ich das Wort,
`s heißt „Abel ist ein Schaf".
Vielleicht ist das auch gar nicht wahr,
und nur das Internet war brav.

Ich mach heut früh das Fenster auf,
und Gott riecht nach Ozon.
Ich mach heut früh das Fenster auf,
und Gott riecht nach Ozon.
Die Nachbarin hat mich geküsst,
genau wie gestern schon.

Halluzinogene

Ich sitz in meiner Wohnung, schreibe Schund,
die wilde Fürstin zieht mich in den Untergrund.
Ich wasche mir die Hände schon nicht mehr,
die Scheiße aus dem Arsch stinkt so wie Teer.
Jedoch: Es flowt, es flouresziert,
ich lebe auf, endlich bin ich vervirt.
Und ganz in lila seh' ich Kakerlaken,
in schwarz-rot-gold die schönen Kelloggs-Flaken.
Und tiefer zieht die Alte mich und zieht.
Am Ende sing ich wirklich nur *ihr* Lied.

Und taumelfüßig stolper' ich zur Villa,
wo schon mein Christian ließ Brille, Herz und Brilla.
Sie lacht mich an: „Du weißt, was *Brilla* heißt?
Dann gebe ich dir bald den meil'gen Scheißt!
Dann musst du auf der Meile für mich eilen,
und eine mit mir geh'n, und nicht verweilen.
Und ganz am Ende sage ich: ‚Ab mit dem Kopf!'
Und reiße dir vom Haupt den schönen Schopf.
Und liegst du dann am Boden wie ein Hauf',
dann trete ich noch zu und auf dich drauf!"

Ich sitz in meiner Wohnung und erwache,
Blutlachen, ablachen, die Lache
klingt wie ein irre-hüpfend' flioureszieren,
sie peitscht mich aus, und ich muss stumm parieren.
Dann ist es wieder er, füllt meinen Mund
mit seinem Sperma, sagt, das sei gesund,
und als verrückte Halluzinationen
tanzen sie wild, ich muss mit ihnen wohnen.
Doch halb so schlimm. Ich kenne mich hier aus.
Die Hurenstadt hat manches Hurenhaus.

Die Frau, die sich morgens leblos an einen schmiegt, entpuppt sich als die Hure Babylon und die Katzenfrau aus „Clockwork Orange". Das „House of the rising sun" und das „Hotel California" sind nicht weit. Draußen auf Kaution. Für Oliver Morlau und seinen Song „Necromancy City".

Für Jeanne

Ich habe dich lange vermisst,
in der Zeit keine andre geküsst.
Und ich lag im Bett voller Fieberträume Weh,
in jedem dein Gesicht,
und du weiltest weit entfernt von mir
und spürtest mein Sterben nicht.

Wie ein Tod ist es jedes Mal,
wie ein Siechen voller Qual.
Und er dauert an, bis sie wiederkehrt
und in meinen Armen liegt.
Gib Gott, dass sie auch diesmal kommt
und mein Tod mich nicht besiegt.

Zeiten der Dunkelheit
halten schlafend das Licht bereit.
Wie ein Blumenkelch, der zur Sonne strebt
soll meine Seele sein
und steigen aus dem Schoß der Nacht,
der mich als Grab schloss ein.

Talent und Flies

„Es gibt zwei Dinge.", sagte er, während er Kette rauchte
und auf seine alte Schreibmaschine einhämmerte.
„Talent und Flies."

Ich beobachtete ihn.

Jedes seiner Worte schien prophetisch zu sein.

Die Altbauwohnung, in der er lebte,
atmete einen Duft von Rock 'n Roll, Poesie und echtem Leben.

Motten schwirrten zum Fenster hinein,
und über die Raufasertapete an den Wänden
krochen grünschillernde Fliegen.

Bei allem, was er sagte, hatte ich das Gefühl,
er wolle mir damit etwas ganz Wichtiges für mein Leben mitteilen.

Ich dachte einige Zeit darüber nach, was er wohl mit „Flies" meinte.

Draußen ratterte ein Lieferwagen vorbei,
dem offenbar etwas von seiner Ladefläche fiel, als er über ein
Schlagloch fuhr.
Durch das offene Fenster wehte ein angenehmer Duft von
Marihuana.

Ich ließ mich auf die Stimmungen im Raum ein.
Eine der grünen Fliegen flog eine Zickzack-Linie
und krabbelte ihm kurz über die Wange.
Er scheuchte sie nicht weg.
Er nahm sie nicht einmal zur Kenntnis.
Nach weniger als drei Sekunden hatte die Fliege genug,
und schwirrte wieder zum Fenster hinaus.

„Ja", sagte ich,
da ich plötzlich das Gefühl hatte, die entscheidende Erleuchtung
bekommen zu haben.
Sie schien unter anderem darin zu liegen, dass er ständig deutsche mit
englischen Worten mischte.

„Ich verstehe.
Es gibt echte Talente, die dran bleiben,
und etwas aus ihrem Talent machen, so wie du,
oder eben ‚Flies'.
Fliegen.
Eintagsfliegen.
Die kommen und gehen."

„Nein.", sagte er,
und drehte sich an seiner Schreibmaschine grinsend zu mir um.

„Nicht ‚Talent und Flies'.

Talent und *Fleiß*."

„Wie spießig.", dachte ich.

Für Oliver Möller (Morlau).

Jeanne

Ich fahre mit dem Fahrrad durch die Nacht. Sie ist warm und ein paar Vögel singen. Ich spüre den Wind an meinen nackten Armen. Oh, wie gern ich lebe! Ich liebe das Leben mit jeder Faser meines Leibes, liebe es in all seiner Schönheit, in all seiner Schrecklichkeit. Nur den Tod liebe ich nicht! Ihn, der uns schon im Leben zu kriegen versucht, ihn, der unser ganzes Miteinander vergiftet! Aber ich schwöre: Jeder, der versucht, mich umzubringen, den werde ich umbringen! Ich habe mir diese Marder nicht zu Tisch geladen! Sie sind gekommen! 27 Mal schon haben sie mich getötet, getötet mit Messern, mit Pistolen, mit Blicken, mit bösen Worten, mit Neid und Eifersucht, mit Hass und Abscheu, mit Verachtung, aber, was noch schlimmer ist: Auch mit Freundlichkeit, mit Schmeichelei, mit Heldenverehrung und das Schlimmste: Mit Liebe! Ja; ist es nicht abscheulich!? Die Menschen nutzen das Göttlichste, was sie haben, das, was das Leben erst lebenswert macht, als Mordinstrument! Aber jetzt ist Schluss! Ich werde mich wehren! Denn ich will leben. Und ich will in den Armen meiner Liebsten liegen, bevor der Tag anbricht!

Ich erreiche das Haus in dem ich wohne. Es ist ein Hochhaus, aber ich finde es nicht hässlich. Es steht in einem blühenden Garten voller Pinien und Kiefern, Rhododendren und Goldregen, es atmet den Frühling in seiner urbanen Hässlichkeit, in seiner urbanen Schönheit. Ich parke mein Fahrrad an den Fahrradständern vor dem Haus. Ich bin aufgeladen von der prickelnden Wärme des Mai und von meinem eigenen Adrenalin. Ich weiß jetzt wieder, was ich will, und mir wird keiner mehr in die Quere kommen!

Als ich mich umwende und die ersten Stufen der Treppe zum Eingang erklimmen will, stürzt ein Schatten auf mich zu, der hinter einem Rhododendronbusch auf mich gelauert hatte. Es ist mein Feind. Er hasst mich schon lange. Warum, weiß ich nicht. Vielleicht, weil er ein Nichts ist und ich ein Etwas. Aber dafür kann ich nichts. Ich kann nichts für seinen Wahn, in dem er immer wieder jemand anders für seine Lage verantwortlich macht! „Stirb, du Hund!", zischt er, „Ich tanz auf deinem Grab!" Und mit eiserner Hand schnürt er mir die Kehle zu. Jetzt wird es ernst. Jetzt heißt es beweisen, was ich mir auf der Fahrt hierher selbst gesagt habe. Während er mich würgt, schaue ich ihm in die Augen. Und ich sehe nur Leere, Leere und grundlosen Hass. Er ist Abschaum. Ein feiger Mörder. Einer, der immer wieder morden wird. Der nie lernen wird, was Nächstenliebe heißt. Um ihn ist es nicht schade. Und außerdem heißt es jetzt doch er oder ich!

Mir wird schon schwummerig vor Augen. Doch dann greife ich in meine Hosentasche und ziehe das Messer hervor. Am Nachmittag habe ich es irgendwo mitgehen lassen. Ich muss geahnt haben, dass es jetzt brenzlig wird. Und ich stoße das Messer bis zum Knauf in die Brust meines Feindes. Er schreit. Markerschütternd. Dann lassen seine Hände meinen Hals los und er stürzt auf die Gehwegplatten. Mit der rechten Hand befühlt er seine Wunde, aus der Blut zu suppen beginnt. Ich sehe ihm im Licht der Außenbeleuchtung des Hauses in die Augen. Er weint. Ich kann nicht umhin, trotzig zu ihm zu sagen: „Wer wohl auf wessen Grab tanzt!" Seine Lippen bewegen sich, mühsam. Und kaum hörbar presst er einen Satz hervor. Ja, kaum hörbar. Aber ich höre ihn. „Warum konntest du mich nicht lieben?". Mir ist, als würde ich zu Blei. Ich schleudere das Messer ins Gebüsch und haste die Treppe hinauf, zitternd; ein Tremor.

Ich betrete meine Wohnung. Sie liegt im Dunklen und ich mache Licht. Jeanne sitzt auf dem Bett. Sie trägt ein weißes Baumwollkleid, ihre leicht sonnenverbrannten Arme und ihre Beine sind nackt. Ich stocke im Türrahmen. Ich muss sie einmal intensiv anschauen, ja fixieren. Das Licht der Glühbirne fällt direkt auf sie, sodass es scheint, als umgebe ihr weizenblondes Haar ein Heiligenschein. Sie weint. Aber nicht laut. Es ist nur so, dass in ihren Augen Tränen stehen. „Mein Mädchen…", sage ich zärtlich, „Was hast du denn?". Sie schaut mich an, mit stummem Vorwurf im Blick. „ Du hast es getan, nicht wahr?", fragt sie. „Was getan?", frage ich. Ich stehe noch immer in der Tür. Jeanne blickt mir in die Augen. „Jemanden umgebracht."

Ich löse mich aus meiner Starre und setze mich zu Jeanne aufs Bett. Ich streiche ihr über ihren Kopf. „Ändert das irgend Etwas?" Jeanne nimmt meine Hand. Sie sieht mich ernst an. „Ich habe dich geliebt, weil ich dachte, du bist anders. Und du warst auch anders. Du warst nicht wie sie. Du warst ein Mensch. Weil dir die Liebe wichtiger war als das Leben." „Sie haben mich 27 mal ermordet. Irgendwann ist es das eine Mal zuviel. Das Ende der Fahnenstange war für mich erreicht, als ich erkannt habe, dass sie es auch mit Liebe tun. Ich will doch nichts weiter als Leben! Ich habe nie einer Fliege etwas zuleide getan. Und ich werde mich auch in Zukunft nicht ändern. Ich habe mich nur meiner Haut gewehrt. Und er, mein Feind, war schon immer ein Mörder. Nichts als widerlicher Abschaum!" Jeanne hält meine Hand fester. „Ach, Schatz! Du weißt doch, dass es nur Gott zusteht, zu richten. Die meisten Menschen haben das vergessen. Aber du und ich, wir wissen es. Es ist doch so. Wir wissen es. Und wir vergessen es niemals." Jeanne sieht mich wie flehend an. „Hat er noch irgendetwas zu dir gesagt, bevor er starb?" Ich schaue zu Boden. „Nein.", antworte ich. „Jetzt hast du gelogen.", sagt sie. „Siehst du, es fängt schon an bei dir!" „Was fängt an, verdammt noch mal", fahre ich auf, plötzlich gereizt. „Dass du lügst.", sagt sie. „Du lügst, und du wirst laut, weil ich die Wahrheit sage. So ist es mit allen, die getötet haben. Sie können die Wahrheit irgendwann nicht mehr ertragen. Und wenn sie erstmal mit der Lügerei angefangen haben, verstricken sie sich immer mehr darin. Sie ermöglichen es dem Tod, versteckt zu wirken, weil sie ihn verstecken. Weil sie ihr eigenes Morden verstecken unter einem Mantel der Lügen. Aber ebenso wenig, wie sie mit dem Lügen aufhören können, ebenso wenig können sie auch mit dem Töten aufhören. Und weil sie das selber nicht ertragen können, hören sie auf, mit Messern und Pistolen zu töten, sondern fangen an, es mit Blicken und bösen Worten zu tun. Mit Neid, mit Missgunst... Du weißt das doch. Und irgendwann töten sie mit Freundlichkeit, mit Schmeichelei, mit Heldenverehrung. Und zum Schluss mit Liebe!"

Ich schlage ihre Hand weg und halte meine vors Gesicht. Ein plötzliches Schluchzen schüttelt mich. „Aber so wird das doch bei mir nicht sein!", presse ich hervor. Jeanne umfasst mich liebevoll. „So ist es mit allen.", sagt sie. Sie drückt ihr Gesicht an meine Schulter. „Ich habe dich geliebt und liebe dich noch. Aber du wirst dich verändern. Du hast dich schon verändert." „Aber warum!", schreie ich, „Ich wollte das nicht! Ich wollte aufrecht bleiben! Das Leben...das Leben hat mich korrumpiert! Ich hatte ihn auf einmal so satt, diesen Weg, diesen Weg des ständigen Sterbens! Ich wollte auch mal ein Stück von diesem Scheißkuchen!" Jeanne lächelt. „Und du wirst es kriegen, dein Stück vom Kuchen. Aber du wirst es bezahlen müssen mit den Leichen auf deinem Weg." „Wirst du mich verlassen, Jeanne?", frage ich. „Nein.", sagt sie, „Du wirst mich verlassen. Ich werde immer hier bleiben, in diesem Zimmer, bis der Morgenstern aufgeht." Ich sehe ihr in die Augen. „Luzifer nannten sie den Morgenstern, nicht wahr?" „Ja.", sagt Jeanne, „Aber der wahre Morgenstern ist Christus, das steht in der Offenbarung. Ich harre aus bis zuletzt. Ich schaffe das für dich mit, was du jetzt nicht mehr schaffen kannst."

Als ich in dieser Nacht bei Jeanne liege, halte ich sie fest umschlungen wie sonst nie. Ich küsse sie, ich liebkose sie, ich drücke sie an mich, als könne ich sie dadurch für immer an mich binden. Doch ich weiß: Ich habe sie schon verloren.

Und ich sehe sie noch einmal vor mir an jenem Spätsommertag, als wir uns das erste Mal begegneten. Die Sonne stand hoch und heiß an einem blauen Himmel und brannte auf ein teils schon abgeerntetes, goldenes Weizenfeld herab. Man feierte ein Sommerfest. Die Garben standen zusammengebunden auf dem staubigen Feld. Und Jeanne stand auf der Straße und sah mich kommen. Sie sah aus wie heute Nacht. Sie trug das weiße Baumwollkleid, das ihre nackten sonnenverbrannten Arme und Beine freiließ. Ihr weizenblondes Haar leuchtete in der Sonne und ihre meeresblauen Augen sahen fest in meine. Als ich vor ihr stand, sagte sie: „Ich habe auf dich gewartet. Es warst immer schon du. Ich wusste, dass wir uns hier begegnen würden. Nur nicht, wann. Und heute ist mein Traum wahr geworden." Ich sah sie an, einen kleinen Moment unsicher. Aber dann spürte ich, wie es warm in mir aufstieg, und ich wusste plötzlich, dass diese Frau es war, die mein unstetes Wanderleben beenden würde, dass sie es war, deren Arme für meine gemacht waren. Wir schauten uns wieder in die Augen. „Du hast reine Augen.", sagte sie, „Augen wie jemand, der noch nie getötet hat." „So wie du.", sagte ich lächelnd. Im Bruchteil einer Sekunde hatten wir uns umfasst und vereinten uns in einem atemlosen Kuss, tief und intensiv. Und als die Dunkelheit hereinbrach, und das Fest seinem Höhepunkt entgegensteuerte, zündeten die Bauern mit Stroh umwickelte Räder an und rollten sie einen Hügel hinunter. Als ich diese feurigen Ringe in der Nacht verschwinden sah, fröstelte mich plötzlich. Ich hatte die

Ahnung von etwas namenlos Bösem in der Welt. Aber ich wollte damals nicht daran denken. Ich zog Jeanne an mich und küsste sie.

Und nun, denke ich, nun ist der Moment gekommen, der Moment, in dem dieses Böse in mein Leben einbricht, und ich kann nichts mehr dagegen tun. Ich schmiege mich ganz eng an Jeanne, bis ich ihre Wange an meiner spüre. Ihren sanften Atem auf meiner Haut schlafe ich langsam ein, in meiner Brust mein schulderfülltes Herz angstvoll klopfen hörend.

Als die ersten Sonnenstrahlen durch mein Fenster fallen, klingelt es. Ich erhebe mich und gehe zur Tür. Ich öffne nackt. Es ist mir egal. Draußen stehen zwei Polizisten, ein Mann und eine Frau. „Entschuldigen sie, Herr…" „Ist schon gut.", sage ich. „Wissen sie, es hat vor ihrer Tür einen Mord gegeben, und wir haben dieses Messer dort gefunden. Kennen sie es?" „Klar.", sage ich, „ist meins." Über die Schulter rufe ich Jeanne zu: „Siehst du, ich lüge nicht!" „Was soll das heißen, Herr…", fragt die Frau. „Das heißt dann wohl, dass ich den Mord begangen habe." Das verbindliche Lächeln der Polizistin erfriert. „Und das sagen sie uns einfach so?" „Naja.", entgegne ich, „Sie werden es keinem mehr weiter sagen!" Damit reiße ich ihr das blutige Messer aus der Hand und ramme es ihr ins Herz. Sie sackt zusammen. „Herr…!", ruft der andere Beamte entsetzt. Seine Hand greift nach seinem Pistolenhalfter, doch bevor sie ihn erreicht hat, schneide ich ihm die Kehle durch.

Ich drehe mich um und sehe Jeanne an. Sie sitzt da, in ihrem weißen Kleid und schaut mich stumm an. Plötzlich empfinde ich nichts mehr für sie. Was weiß sie vom Leben? Sie wird sich weiter töten lassen und auf den Morgenstern warten. Ich stocke. War sie nicht die Liebe meines Lebens? Doch…was ist Liebe? Nichts als ein chemischer Prozess im Kopf! Ich frage mich, ob ich es bin, der dies denkt. All das passt so wenig zu meiner alten Art. Vielleicht hat Jeanne recht. Ich habe mich verändert. Verzweiflung packt mich. Jetzt bin ich einer von ihnen. Und ohne mich noch einmal zu Jeanne umzuwenden, laufe ich auf den Balkon und springe übers Geländer. Ich komme sanft und elastisch auf. Die Sonne scheint. Die Vögel singen. Ich spüre die Wärme des Frühlings auf meiner nackten Haut. Ich lebe. Und ich werde jeden töten, der mir das Leben nehmen will. Meine rechte Hand umfasst das Messer. Und ich laufe davon durch den blühenden Garten, ohne mich noch einmal zu Jeanne umzusehen. Sie, die meine Hoffnung bleiben wird, bis ich sterbe.

My life seems unreal, my crime an illusion,
A scene badly written, in which I must play,
Yet I know as I gaze at my young love beside me,
The morning is just a few hours away...

Paul Simon (Wednesday Morning, 3 am)

Sta(d)tt Staat und ich

(oder die optionale Alternative. Aber nur, wenn sie möchten. Peng! Zu spät entschieden.)

Ich habe Angst, dass man mein Gehirn umstrukturiert.

In den Zimmern von Freunden, und den Zimmern von Freundinnen.

Die erschreckender Weise plötzlich alles Nazis sind.
Was sie wohl früher schon waren.
Nur, dass sie es damals noch nicht so laut gesagt haben.

Heute behaupten sie, dass damals, in den 90ern,
die jetzt zwanghaft nur noch als 1990er bezeichnet werden,
die Gehirnwäsche noch wirkte,
die man gemeinhin als Entnazifizierung der Amerikaner bezeichnet.
Und dass damals schon Scientology und der KGB dahintersteckten.

„In den USA heißt das CIA.", höre ich mich sagen.
I'm beginnin' to hear voices, and there's no one around.
Ich stelle die Wanze in meinem Rauchmelder ab.

Jetzt höre ich den Fernseher in der Nachbarwohnung wieder in voller
Lautstärke.
Die Filme dazu stelle ich mir selber vor.
Toll. So spart man Geld für Hörbücher.

„In den USA heißt das CIA, FBI und NSA", höre ich mich denken.
„Oder ist die NSA in Wirklichkeit die NASA und es sind schon
überall Außerirdische?"

Recht zu haben ist nicht schwer.
Wie mein neues Poster, auf dem was drauf steht.
„Baut eine Mauer um mich herum,
und setzt mir eine Maske auf.
Fügt keine Worte zu bestehenden Gedichten hinzu."

Das Poster habe ich mir selbst gedruckt.
Das ist schon der Unterschied zu Distelmeyer.
Der hat seins noch gekauft.

Und dann gedacht:
„Scheiße, *The Wall*.
Man wird die Mauer nicht los.

Und `ne Kreismauer ist wie eingekreist werden
Und `ne Kreißsäge, die durch die Wand des Kreißsaals bricht,
und die Ärzte, die Mutter, das Kind und den Vater
in einem freudigen Massaker zersägt,
dass die blutigen Klumpen und Einzelteile nur so gegen die
gekachelten Wände fliegen,
ohne, das eine Hand die Säge führt,
und ohne, dass jemand Schuld ist,
weil es ja laut wissenschaftlichen Erkenntnissen
kein Ich und keinen freien Willen gibt.“

„Dieses Verbot haben sie sich selber gedruckt.“,
schreibe ich auf mein nächstes Poster,
und kleistere es mit meinem radioaktiv verseuchten Speichel an die
Wand.

Kurz überlege ich, ob ich das denn wollen würde.
Mit einer Kreißsäge in einen Kreißsaal rennen,
und den Kreis, den Ring und die Mauer
mit einem Kreissägenmassaker durchbrechen.
Ich zucke die Schultern und verneine es.
Unter anderem,
weil ich Sex mit dem Brunnengirl aus „The Ring“ haben will.
Und mit Brynnhild, Brunnenhulda und Arwen auch.
Und weil ich in einem Kasten wohne.
Nicht in einem Ring.

Distelmeyer wollte sich wahrscheinlich auch
keine Knarre kaufen,
und in den Innenstädten Amok laufen.

Er fühlte sich nur so.
Und das ist etwas anderes.

Aber ja.
Jeder geschlossene Raum ist eine potenzielle Coronahöhle.
Aber wenn man das Fenster aufmacht,
fliegen die Viren *da* hinein.

Ich habe Angst vor Verbotsschildern.
Vor allem fürchte ich mich vor dem Verbotsschild
„Onanieren verboten!"
Ich habe Angst, dass es irgendwann irgendwo
an irgendeiner Ecke herumstehen wird,
und ich dann nicht weiß, ob der Staat es da hingestellt hat,
oder ob irgendwelche Spaßvögel
in einer Nummernschildwerkstatt
es selber hergestellt haben,
und dann da aufgestellt haben,
als Ortsschild von Wichshausen.

Und dann denke ich:
Könnte ICH doch mal machen.
Eine Stadt bauen voller Bordelle,
mit ganz vielen Postern von nackten Frauen und Männern,
die überall rumhängen,
die Stadt offiziell als neue Siedlung namens „Wichshausen" im
Grundbuch eintragen lassen,
und als mein eigener Spießer
dann ein Schild noch vor das Ortsschild hinstellen,
auf dem steht „Onanieren verboten".

Und ganz klein darunter:

„Unbenutzte Kondome im Dreierpack NUR 500 Euro, erhältlich im Supermarkt da um

die Ecke, und dann dort in DIE
Straße rein, neben dem da.

Wenn sie Fragen haben, kaufen sie
sich bitte unsere kostenlose
Stadtapp
im Handy oder Smartphone ihres
besten Freundes,
der das dann illegal von der Steuer
absetzen kann.

Evangelische, katholische,
satanische und hinduistische
Gottesdienste
im Moment wegen des großen
Andrangs im Privatklo
von Michael Schmidt-Salomon."

Dann habe ich bestimmt niemanden in seinem Kaufverhalten
beeinflusst,
keinen neuen Kapitalismus begründet,
und mich nicht gegen meine eigenen Werte entschieden.

Angeblich gibt es ja keinen freien Willen und kein Ich.
Das Gehirn funktioniert völlig von selbst,
und produziert Abläufe von bioelektrischen Impulsen,
die überhaupt keine Absichten haben.
Dann habe ich auch keine Schuld,
wenn ich mir eine Kettensäge kaufe und damit
eine frischgebackene Familie im Kreißsaal auseinandersäge.

Die Familienpolitik der CDU stört mich sowieso schon seit langem.
Da habe ich als Single nichts von.
Und ich will mich auch nicht dazu zwingen lassen, eine Familie zu
gründen,
um das Bruttosozialprodukt in die Höhe zu treiben.

Ich will mich zu überhaupt nichts zwingen lassen.

Ich dachte immer, Deutschland wäre eine Demokratie.

Ich nehme die Kette ab, die mich mit einer
eisernen Vorhangs-Fußfessel
an die Vermutungen meiner Nachbarn kettet,
ich sei ein Triebtäter auf freiem Fuß,
baue mir daraus eine Kettensäge,
einen Kreißsaal
und eine Sprachbarriere,
eine Speachentleere,
die einer babylonischen Sprachverwirrung gleichkommt,
die ich selbst durchbreche,
indem ich einen sabbernden Behinderten
mit Migrations-Assistenzbedarf
im Rollstuhl da durch donnere,
und ihn ins Ozonloch kippe.

Dadurch verhindere ich auch eine Sprachvermehre.

Die Sprachen „Esperanto", „Kauderwelsch", „Volaplük" und
„Nonsens" werden ersatzlos gestrichen.
Auf der Abschussliste steht außerdem „Grommolo".

23

Man muss die Leute vor der Verblödung bewahren.

Sanuazuiel. Musalk, Maroraeaielum. Dudastik. Sonionola.
Jratzbenagung. Salunze.

Ich mache weiter, als ob nichts gewesen wäre.
Ich mache weiter, als ob nichts gewesen wäre.

Ching, Ching! Rrrrrrrrrrrrrrrrrrrrrrrrrrrrrrrrrrrrrrrrrrr.

Ich baute mir Stadt Staat eine Mauer,
eine Lauer,
im lauen, lauschigen, nahezu blauen.
Und setzte eine Wanze darauf, die tanzen konnte.
Ein anders Blau?
Mit dir gerne.
Wenn du da bei mir geblieben wärest.
Bist du aber nicht.

Blau ist heute das neue Braun.
Und Eva benutzt einen Rasierapparat, wo was drauf steht.
Nämlich „Braun".
Wernherr, was hast du getan!?

Ich bin Single.
Einer von vielen.
Kein Einzelfall.

Habe genug von Isolation.
Die mich in den Zwang treibt, mir selber Verbotsplakate- und
Schilder zu drucken.
Und ich benutze mit Lust und voller Überzeugung Anglizismen.
Schon alleine, um Nazis zu provozieren.

I am my own Antithesis without having changed.
Support your local Schmerz.
Und kaufen sie nur noch da, wo sie etwas herkriegen.

Wenn sie dann auch noch das bekommen, was sie haben wollen,
haben sie Schuld. Und Glück.
Denn irgendeiner kriegt es jetzt nicht.
Der steht jetzt als armer Irrer vorm Supermarkt und hat kein
Klopapier.
Umso leichter, ihn als Asozialen zu verhaften, wenn er sich dann in
die Hosen scheißt.

„Isch komm in Ausland nisch mehr klar, seit isch nur noch
Unterschischt rede, weißt?"
„Übberall in't Ausland reden die au nur Ausländisch. Is dat nich
scheiße?"
„Kann man nich die Israeli fragen, ob man da nich nach ihrem
Vorbild,
so wie sie dat nach'n 2. Weltkrieg jemacht han,
hintern Gazastreifen noch `n neues Deutschland hinbauen kann,
wo nur Deutsch gesprochen wird?"

„Häääää?"

Ich habe Angst, dass man mein Gehirn umstrukturiert.

Dieses Gedicht ist eine Hommage an das Album „L`etat et moi" von
Blumfeld, eine der größten, deutschen Bands aller Zeiten. Und deren Sänger
und Songwriter Jochen Distelmeyer. Du fehlst uns. Hangin' on to every word
you said and sung. Nicht, weil Worte Krücken sind. Aber manchmal das
einzige, woran man sich noch klammern kann, wenn einen der Eiswind fast
vom Dach des Hochhauses geweht hat.
Deine Songs gaben und geben Trost, Liebe und ein Weltvertrau'n.

Verrenken

Ich war dabei, mir eine Art von Sichtbarwerden,
die den Tod bezwingt, auszudenken,
da unterbrach mich dabei meine Mutter,
und meinte, ich sollte mich nicht so verrenken,
und ein bisschen was lernen,
dabei nicht so viel denken,
und ich sollte der Schule mehr Aufmerksamkeit schenken.

Ich war dabei, mir eine Art, es zu sehen,
die niemanden bezwingt, zuende zu denken,
da unterbrachen mich meine Lehrer,
und sagten, ich solle mehr Liebe verschenken.
Meine Haltung wär schlecht,
einen Kopf könnt' man henken,
und ich sollte mich doch nicht so furchtbar verrenken.

Ich war dabei, mir eine Art, loszugehen,
die jeden Weg bezwingt, auszudenken,
da unterbrach mich mein eig'nes Gewissen,
und sagte, Drachen müsse man lenken,
doch dann lenkte der Drache,
und die Schlange fuhr aus,
und es war irgendwie eine Art von Verrenken.

Und dann tauchte ich ein in ein Rauschen,
und ich tauschte berauschende Mittel,
und ich rauschte hinab in dem nächtlichen Drittel,
als der Rausch mir das Lauschen erlaubte,
und dann hörte ich Dinge, die war'n jenseits vom Rauschen.

Ich bin dabei, mir eine Art Antithese
zum Verschwinden zuende zu bauen,
und dann höre ich Schritte im Hausflur,
kann das Ende noch nicht erschauen,
und sie sagten von draußen:
„Deine Haltung ist schlecht!
Dürfen wir dich ein bisschen verrenken?"

Die Anspielung mit dem Drachen und der Schlange bezieht sich auf die Kundalinischlange im indischen Yoga, und die Anspielungen in der Bridge dieses Gedichtes auf Hans Weingartners Film „Das weiße Rauschen". In gewisser Weise ist dieses Gedicht eine Antithese zu Jochen Distelmeyers „Art zu Verschwinden" aus dem Song „Ich, wie es wirklich war". Es ist sicherlich auch beeinflusst von Tocotronics „Schritte auf der Treppe", Olli Schulz` Video zu seiner Version von Razzias „Kaiserwetter" und eigenen Erlebnissen.

Schrei. Aber bitte ganz leise.

**Warum das Apartment von Seligman nicht das Haus ist, das Jack baute,
Edward Munch meistens nichts sagte,
und man das Geschrei der Scherben im Flokati
noch im Nebenzimmer von Jim Morrison in Paris hörte**

„Naked, I don't wanna fake it!",
schrie sie, und tanzte auf dem Bett.

Die Champagnergläser fielen auf das weiche Polster,
und sie trampelte sie unter ihre Füße.

„Hilfe!", schrie er, „du schneidest dir ja die Füße auf!"

„Du bist so dumm wie trocken Weißbrot!",
schrie sie,

„Die sind doch ins Bett gefallen. Da gehen sie nicht kaputt!"

„Ja, aber der Champagner! Der war doch teuer! Den hab ich bezahlt!"

Sie stand plötzlich kerzengerader im Bett als vorher,
obwohl sie sich kein Stück bewegt oder ihre Haltung verändert hatte.

In der Luft im Raum entstand eine Pause, die alles einsaugte, wie ein
Vakuum.

„Du willst mich kaufen, was?", sagte sie eiskalt.

Er sah sie sprachlos an.

„Du bist doch die Liebe, dachte ich.", sagte sie,

„Ich wusste, dass ich mich getäuscht habe.
Du bist gar nichts.
Nicht mal der Hass.
Nicht mal ein Punk.

Du bist `ne glatte Nullnummer."

„Ja, aber eine Nullnummer kostet wenigstens nichts.",
wagte er einen Scherz.

„Halt deine verdammte Fresse!",
schrie sie.

„Dieser andere, den du einen arbeitslosen Versager nennst, DER ist
Jesus. DER ist die Liebe. Ich vermisse ihn!"

Tränen rannen über ihr Gesicht.

„Halt die Schnauze!", schrie er,

„DU bist doch die Nutte, die sich von jedem durchficken lässt.
Und an solche Frauen gerate ich immer wieder!!!!"

„Psssssst.",
schrie *sie*.
Und niemand wusste bis heute,
wie man
„Psssst."
schreit.

Außer einem.

„Mein Zuhälter kommt sonst gleich rein!".

„Ach, das heißt bei euch Privatnutten also auch so????"

Er schlug sie.

Der Sanfte kam herein, den sie Loby nannte.
Er versuchte, den Wütenden, den sie Koby nannte,
vom Bett zu kippen,
wo dieser mittlerweile ebenfalls stand,
und mit ihr rang.
Sie fielen alle drei vom Bett.

29

Mit lautem Gerumpel,
und schrien vor Schmerz.

Verstauchter Knöchel, gebrochenes Bein, angeschlagener Rücken.
Sie rappelte sich als erste wieder hoch, und rief den Notarzt.
„Nein!", schrie der Wütende. „Nicht die Polizei!"
„Du bist dumm wie weiß Bohnenstroh!",
schrie sie. „Ich *rufe* Notarzt."
„*Der* Notarzt.", korrigierte der Sanfte,
und begann sich kaputtzulachen.
„Du bist doch keine Türkin!"
„Nein.",
schrie sie.
„Stolze Schwyzzerin! Italienische Schweiz."

Irgendwo erwachte Er.

Das einzige, was noch heil war, waren die drei Champagnergläser im Bett.

Für Anna Peters

Stempel

Eines Morgens hatte Thomas Milford einen neuen Nachbarn. Das wäre an sich nichts Ungewöhnliches und schon gar nichts Unheimliches, wenn es nicht schon so seltsam angefangen hätte.

Es klingelte, und Milford, ein hochgewachsener, blässlicher Intellektueller, öffnete. Draußen stand ein großer, weißhaariger Mann, der Milford mit klarem Blick in die Augen sah. Er sagte mit Nachdruck in der Stimme: „ Guten Tag. Ich bin *ihr* Nachbar. Sie werden mit mir auskommen müssen.". Milford wich dem Blick aus. Er hatte auch schon alltäglichere Begrüßungsfloskeln gehört.

Der Fremde hatte ihn beim Schreiben gestört und Milford wollte auch rasch an seine Arbeit zurück. Trotzdem gebot ihn die Höflichkeit, den neuen Nachbarn zu fragen, ob er vielleicht eine Tasse Tee trinken wolle. „Nein" entgegnete dieser. „Ich habe keine Zeit. Ich muss bei mir drüben eine Tasse Tee trinken." Damit verabschiedete er sich. Milford schüttelte den Kopf. Hatte der Nachbar seine Frage nicht verstanden? Er schien überhaupt recht merkwürdig zu sein. Aber Milford war es im Grunde recht, dass der Fremde so schnell gegangen war. Er war etwas misanthropisch.

Schnell kehrte er in seine Wohnung zurück und ging in sein Arbeitszimmer. Es war ein dunkler Raum mit einer Dachschräge und einem darin befindlichen Fenster. Thomas Milford ging zum Schreibtisch. Er arbeitete schon seit Jahren an einer zwölfbändigen Ägyptenenzyklopädie , ein Werk, das ihn voll beanspruchte, und für das er sogar seinen Lehrstuhl an der Universität aufgegeben hatte. Milford zog das Rollo herunter, knipste die Schreibtischlampe an und schrieb.

In der Nacht hatte er einen Traum. Er stand am Ende einer langen Schlange in einem tristen, rotbemalten Altbau. Langsam bewegte sich der Pulk vorwärts. Da hörte er einen Schlag wie einen Hammer niederdonnern, und eine Stimme sagte laut: „ Stempel!"

Als er schweißgebadet erwachte, klingelte es. Noch vom Traum verwirrt öffnete er. Draußen stand sein Nachbar. Er hatte Tränen in

den Augen. Einen Moment lang wollte Milford fragen, was denn wäre, aber – nun, es konnte ja auch vom Frost kommen. „Ich bin ein schlechter Mensch, Herr Milford!". rief der Nachbar, „ Ich lebe nun schon einen ganzen Tag hier und weiß noch nicht mal , wie sie heißen!" Milford verdrehte die Augen. „Wieso, sie wissen es doch !" sagte er. Der Nachbar bot ein Bild aufgelöster Verwirrung. Er lehnte sich weit vor und flüsterte mit tränenerstickter Stimme: „ Sagen sie , Herr Milford, akzeptieren sie mich als ihren Nachbarn?" Milford überlief es kalt Er hatte es offenbar mit einem Gestörten zu tun. „ Ja, ich akzeptiere sie", sagte er in beruhigendem Tonfall.
„Dann ist es gut." Die hellen Augen des Nachbarn strahlten.

Milford schloss die Tür. Sein Nachbar schien schwer psychisch krank zu sein. Jetzt aber schnell an die Enzyklopädie . Milford beschloss, seinen Nachbarn zu meiden. Aber er hatte die Rechnung ohne den Wirt gemacht.

Am nächsten Tag musste Milford zu seinem Verlag, um die Oberen weiter zu vertrösten. Als er an der Bushaltestelle stand, gesellte sich kurz darauf sein Nachbar dazu. „ Tag, Herr Milford. Ich habe es gerade noch geschafft." sagte er, und blickte ihn mit seinen klaren Augen an. „Schön.", sagte Milford und dachte: „ Hoffentlich steigt er in einen anderen Bus.". Er wurde enttäuscht. Der Nachbar nahm den gleichen Bus. Milford kratzte sich unruhig am Kinn. Der Nachbar hatte sich hinter ihn gesetzt und Milford meinte, seinen Blick wie Nadelstiche im Nacken zu spüren.

Endlich kamen sie bei der Haltestelle an, wo sich Milfords Verlag befand. Milford stieg aus, der Nachbar folgte. Milford ging die Straße entlang, der Nachbar folgte. Milford bog um die Ecke, der Nachbar folgte. Jetzt hatten sie das Verlagsgebäude erreicht. Milford ging hinein, der Nachbar blieb draußen stehen. Drinnen saß Milford wie auf glühenden Kohlen. Wieso folgte sein Nachbar ihm?

Als er hinausging, atmete er auf. Keine Spur von dieser Nervensäge. Er war ihm offensichtlich gefolgt, obwohl er gar nicht das gleiche Ziel wie Milford hatte. Wenn er überhaupt eins hatte. Milford ging in ein nahegelegenes Café und bestellte ein Stück Sachertorte. Gerade, als er das erste Stück auf seiner Zunge zergehen lassen wollte, spürte er, wie sich jemand von hinten über ihn beugte. „Schmeckt´s?" fragte eine wohlbekannte Stimme. Der Nachbar! Er setzte sich und bestellte ebenfalls ein Stück Sachertorte. Dann saßen sie sich eine Zeitlang schweigend gegenüber, zahlten schließlich und gingen.

In der Nacht hatte Milford einen Traum. Er stand in einer langen Schlange in einem tristen, rotbemalten Altbau. Mittendrin. Der Pulk bewegte sich vorwärts. Da hörte er einen Schlag wie einen Hammer niederdonnern und eine Stimme rief: „ Stempel!"

In den folgenden Tagen wurde Milford von seinem Nachbarn weiter belästigt. Er machte einen Spaziergang, der Nachbar auch. Er arbeitete im Garten, der Nachbar auch. Sollte es etwas damit zu tun haben, dass er ihm Akzeptanz zugesichert hatte? Am Liebsten hätte er ihm offen gesagt „Sie nerven mich!" Aber er hielt den Mund.

Die einzige Möglichkeit, diesem Verrückten zu entfliehen, war, weiter an der Enzyklopädie zu arbeiten. Er zog das Rollo herunter, knipste die Schreibtischlampe an und versuchte, zu schreiben. Aber es gelang ihm nicht. Ihn beschäftigte sein Traum. Ob sein Nachbar damit zu tun hatte? Immerhin hatte Milford ihn schon zweimal geträumt, seit sein Nachbar eingezogen war. Milford ärgerte sich. Solche Gedanken müsste man einem Therapeuten mitteilen, und davon hielt Milford gar nichts. Aber er fing schon an, sich selber für verspleent zu halten statt seines Nachbarn.

Immer wieder nahm er sich mit Widerwillen sein Schreibzeug vor, vergrub sich in seiner Wohnung. Aber der Gedanke an seinen Nachbarn fraß an ihm wie der Adler an der Leber des Prometheus. Was, wenn er die Tür aufmachen würde, um einen Blick nach draußen zu tun? Würde dann auch die nachbarliche Tür aufgehen? Er musste diesen Plagegeist loswerden, versuchte sich auf Ramses und Gizeh, auf Tut ench Amun, Isis und Osiris zu konzentrieren, aber es ging nicht. Er brachte keinen Satz zu Papier. Drei Tage lang ging er nicht vor die Tür, die Bartstoppeln staken in seinem Gesicht. Mit jedem Tag, den er über seiner Enzyklopädie brütete, wuchs ein Druck in ihm. Gleichzeitig begann ihm das Geschriebene beim Durchblättern unendlich schal und wesenlos vorzukommen. 12 Bände ägyptische Geschichte. Wer würde das überhaupt lesen, wenn es fertig war? Eigentlich hatte er auf über tausend Seiten nur andere Bücher zum Thema ellenlang und klafterbreit zitiert. Und das sollte sein Lebenswerk sein? Grabkammern und Mumien? In seinem dunklen, abgeschrägten Raum kam er sich auf einmal selber wie in einer Grabkammer vor. Er, der seit Jahren jeglichen menschlichen Kontakt mied. Er, dem sein Nachbar nicht mehr aus dem Kopf ging. Und da wußte er plötzlich – irgendetwas beschäftigte ihn im Zusammenhang mit seinem Nachbarn. Wenn er nur wüsste, was! Über diesen Gedanken wurde Milford schläfrig und ging ins Bett.

Donnerschläge hallten durch den roten Altbau. In gedrückter Stimmung schob sich der Pulk vorwärts. Dampf zischte aus dem Lamellenboden unter Milfords Füßen. Gleich war er dran, würde wissen, was das Geheimnis dieses Raumes war. Einen hatte er noch vor sich. „Stempel!" rief eine Stimme, die er zu kennen meinte, und sein Vormann schwenkte zur Seite. Da sah Milford es: Einen überdimensionalen Richtertisch, an dem ein Mann, ein Beamter mit breitkrempigem Hut saß. Milford zitterte. Sein Gegenüber hob den Kopf und – es sahen ihn die klaren Augen seines Nachbarn an. Milford durchlief es wie tausend eisige Bäche. Das war es, was er an diesen Augen gefürchtet hatte! Sie sagten nicht ja oder nein, nicht für oder wider, sie richteten.

„Nun bist du also da?". Die Stimme war ruhig und ohne Vorwurf. „Du weißt, wessen du angeklagt wirst?". Milford konnte nicht sprechen. Der Nachbar hob die rechte Hand, in der ein gewaltiger Stempel war. Milford bebte. Die Hand senkte sich –nein- fiel von oben wie in Zeitlupe auf seine eigene zu. Milford schloss die Augen. „Halt!". Die Stimme dröhnte wie Donner. Der Stempel lag an seinem Platz. „Du bist ich", sagte Thomas' Gegenüber rätselhaft. „ Es ist noch nicht zu spät – frag!"

Thomas Milford erwachte zitternd und vergewisserte sich, dass er in seiner Wohnung war. Dass dort noch sein Buch lag, sein Schreibstift. Jetzt war es passiert. Sein Nachbar war in seinem Traum aufgetaucht. Er wurde ihn einfach nicht los, diesen, diesen...ja, wie hieß er denn? Die Frage durchzuckte Milford siedendheiß, es war die Frage, auf die er vorhin nicht gekommen war. Und er erinnerte sich, dass sein Nachbar am Anfang der Woche zu ihm gesagt hatte: „Ich bin ein schlechter Mensch, Herr Milford. Ich kenne noch nicht mal ihren Namen.". Und Milford fiel es wie Schuppen von den Augen. Der Nachbar hatte ihm einen Spiegel vorgehalten! Da lebte ein offenbar kranker Mann in seiner Nachbarschaft und Milford war nie auf den Gedanken gekommen, ihn nach seinem Leiden, geschweige denn nach seinem Namen zu fragen. Das musste er nachholen!

Ohne seinen Schlafanzug gegen die Alltagskleidung zu wechseln, lief er, nur in Pantoffeln, nach draußen. Bei seinem Nachbarn brannte kein Licht. Schnell lief Milford in Richtung Straße. Dort stand ein Krankenwagen. War seinem Nachbarn etwas geschehen? Ein Pfleger stieg aus. Milford packte ihn am Arm. „Mein Nachbar!" rief er aus. „Ist ihm...?". Der Weißbekittelte nahm Milfords Hand. „Thomas Milford?", fragte er. „Ja!" nickte dieser. Der Pfleger lächelte. „Genau. Ihr Nachbar hat uns angerufen. Er hat sich große Sorgen um ihren Zustand gemacht, und wie ich sehe", der Pfleger musterte Milford, „Wie ich sehe, zu Recht." „Wie bitte?". Aber Thomas Milford blieb keine Zeit mehr für große Entgegnungen. Er wurde am Arm genommen und in den Krankenwagen gebracht. Als er sich zu wehren begann, holte der Pfleger eine Zwangsjacke.

Die Fahrt dauerte ungefähr zwanzig Minuten, dann hatte der Wagen sein Ziel erreicht. Einen rotgetünchten, nicht stillos wirkenden Altbau...

Treppenhaus auf Tavor

Hochhäuser haben viele Treppen. Die meisten Menschen nehmen keine Notiz von ihnen und fahren Fahrstuhl. Aber es entgeht ihnen eine Menge dabei. Sie sehen nie die Unterschiede in den einzelnen Stockwerken, die verschiedenen Hauseingänge, nachbarliche Wohnungen, die sie möglicherweise nie betreten. Es gibt so einen Spruch übers LSD: Wer mystische Erfahrungen durch Meditation erlangen will, steigt zu Fuß einen Berg hoch. Wer LSD nimmt, benutzt den Skilift. Und genauso ist das mit Treppenhäusern auch.

Nun, ich hatte kein LSD genommen, sondern eine Tavor-Tablette, ein Medikament, das man gegen eine akute schizophrene Psychose und Angstzustände nimmt. Man hatte solches bei mir festgestellt. Ich? – heiße Patrick R., bin Schriftsteller und wohne in einem Hochhaus.

Der Wahnsinn hatte mich wieder eingeholt, und ich versuchte, dem mit einer kleinen, weißen Tavor zu begegnen. Sofort nach der Einnahme kriege ich einen matschigen Kopf. Ich wanke durchs Treppenhaus. Es ist blau gekachelt, und die Kacheln sind leicht verschmutzt. Sieht aus wie im KZ. Frau Gräulich bringt den Müll raus. In ihrem Mund hat sie eine dicke Zigarre, die nicht brennt. „Hallo, Herr R.!", knurrt sie mit männlich tiefer Stimme, „Wie geht´s ihnen denn so?" „Gräulich!", will ich sagen, bremse mich aber schnell noch. Vorsicht, Fettnäpfchen. „Ach, wissen sie, ich bin wahnsinnig, wie immer!", sage ich. Ich habe keine Lust auf Smalltalk. Schon gar nicht mit so einem alten Drachen. Aber sie stellt sich mir in den Weg und lässt mich nicht vorbei. „Ja, wahnsinnig?", rülpst sie in ihrem Bass, „Glauben sie mir, das kommt von der Schriftstellerei! Kafka ist auch wahnsinnig geworden. Der war ja schon wahnsinnig, als er noch geschrieben hat. Die ganze Zeit reif für die Klapse. Leute, die sich in Ungeziefer verwandeln! Ja, ja. Und zum Schluss wollte er, dass sein ganzes Zeug verbrannt werden sollte. Hätte Max Brod mal besser gemacht!"

Irgendwie macht mich dieses Gelaber wütend. Ich fühle mich Kafka ähnlich, also rechtfertige ich mich (obwohl ich weiß, dass gerade das falsch ist.). „Aber Kafka hat beim Schreiben viel von seiner Seele erfahren, hat mehr gesehen als seine Zeitgenossen. Viele halten ihn für einen Propheten der Moderne und Postmoderne." Frau Gräulich beißt ein Stück von ihrer Zigarre ab und beginnt, darauf herum zu kauen. „Sicher, ein Prophet war er", nuschelt sie. „Aber sehen sie, das ist immer die schmale Grenze zwischen Prophetie und Geisteskrankheit. Der Weltgeist liegt im Innern der menschlichen Seele, und er umgibt sie. Bei Propheten und Wahnsinnigen verschwimmen Innen und Außen und wo man heute noch, dadurch, dass man von sich auf seine Umwelt schloss, die Zukunft prophezeien konnte, hat man morgen bloß noch einen pathologischen Beziehungswahn und wird zum schnatternden Gespenst, zur zappelnden Marionette des Absurditäts-Satans, vom Gott zum Zombie, denn der Weltgeist hat sich längst ein anderes Gefäß gesucht."

Ich bin perplex. Solche Gedankengänge hätte ich Frau Gräulich gar nicht zugetraut. Ich sage es ihr auch unumwunden. Sie grinst mit ihren unförmigen Plunschlippen: „Das bin ja auch nicht ich, die das sagt", grunzt sie, *Sie* sagen sich das selber durch meinen Mund!" „Aber wie soll das gehen?", frage ich. „Wilhelm Reich erklärt es. Die Theorie mit der Orgon-Energie. Demnach überträgt – sprich: projiziert – der Schizophrene seine Ich-Energie auf Gegenstände und Lebewesen in seiner Umgebung und belebt sie. Sie können alles und jeden zum Sprechen bringen, Herr R. Aber in Wahrheit sind das immer sie. Es ist ein gewaltiger Monolog, den sie einem nicht vorhandenen Gegenüber halten." „Aber warum tue ich das?", frage ich. „Um", grunzt Frau Gräulich und zerkaut das nächste Stück ihrer Zigarre, „Um etwas über sich zu erfahren, was sie sich von ihrem Standpunkt aus nicht sagen können. Es ist wie in den Spiegel sehen. Ein Spiegel zeigt einem auch Dinge von einem, die man ohne ihn nicht sehen könnte." „Aber – sie waren bei den Propheten stehen geblieben", murmle ich mit trockenen Lippen. „Ja", grunzt Frau Gräulich und spuckt Zigarrenfetzen aus. „Es gibt Menschen, die haben nur eine schwache Eigenenergie. Die erfüllen in der Welt so eine Jesus-Funktion. Die werden gekreuzigt. Dadurch reinigt sich die Welt selber. Manche von diesen Menschen werden zertreten wie Würmer. Manche andere aber haben das Privileg, zu erkennen, was ihre Rolle im Weltgetriebe ist. Sie werden dann entweder weiß, so wie zum Beispiel Jesus, oder schwarz, wie zum Beispiel sagen wir Jim

Morrison. Auf sie wird ganz viel projiziert, Gutes und Schlechtes. Da diese Menschen Sauger sind, saugen sie all das in sich auf. Wie gesagt: Manche verrecken gleich daran. Andere aber haben in ihrem Geist eine Art Spiegel. Sie nehmen die Projektionen, die sie aufgenommen haben, verwandeln sie und spiegeln sie der Volksmenge zurück. Früher nannte man sie Propheten, heute nennt man sie Künstler. Sie zeigen der Volksmenge ihre Göttlichkeit und ihre Dämonie, ihre Möglichkeiten und ihre Grenzen. Sie sind ein Spiegel der Welt, genauso, wie die Welt ihr Spiegel ist. Am Ende freilich werden die Meisten vom Pöbel zerrissen." „Bin ich auch so ein Mensch?", frage ich angstvoll. Frau Gräulichs Mund wird ein Schlitz. „Da müssen sie schon von selbst drauf kommen. Mein Job ist getan. Aber einen Hinweis gebe ich ihnen noch. In diesem Haus ist eine Tür. Die müssen sie finden! Arrividerci Roma!" Mit diesen Worten stopft sich Frau Gräulich den Rest von ihrer Zigarre in den Mund, kaut hektisch darauf herum und beginnt, zu rülpsen und zu furzen. Dann nimmt sie ihre Mülltüten in beide Hände und fängt an, sich um sich selber zu drehen. Sie dreht sich immer schneller, bis ihre Konturen nicht mehr zu sehen sind. Dazu erklingt ein Summen. Erst ganz tief, schraubt es sich immer höher hinauf, bis es klingt wie eine Sirene. Ich muss mir die Ohren zuhalten. Plötzlich – ein lauter Knall. Frau Gräulich ist geplatzt und ihre Innereien fliegen mir um die Ohren und klatschen an die Wände des Flures. Ihre sterblichen Überreste und der Müll aus ihren Tüten ergießen sich im Treppenhaus. Widerlich, wie das stinkt. Na, der Hausmeister wird sich freuen!

Ich gehe erstmal in meine Wohnung, dusche und wechsle die Klamotten. Ich schaue auf mein Nachttischchen. Dort steht das Tavor-Döschen. Ich sollte doch die Beipackzettel lesen, denke ich. Die Nebenwirkungen dieser Psychopharmaka sind ja verheerend. Das Telefon klingelt. Es ist mein Freund Salih Imamovic aus Amerika. „Hey buddy, how are you?", kommt seine Stimme aus dem Hörer. „Bin grade graduiert. Harvard University. Habe meinen Prof. in Psychologie und Quantenphysik gemacht. Very intersting, very hot stuff indeed! Wenn das an die große Glocke gehängt wird, drehen die Leute reihenweise durch!" „Ja, aber, was meinst du denn?", frage ich ihn. „Ja, weißt du you know", sagt er, „Es war ein Glücksgriff, Physik *und* Psychologie zu studieren. Denn – you know – sie sind Geschwister. Sie hängen zusammen wie Jin und Jang! Und der gemeinsame Nenner ist: Spirit! Geist! Alles ist Geist. Und der Geist bewegt sich in Quanten – sprich: Possibilities – Möglichkeiten! Und der Hit ist: Dein Geist kann deine Umwelt so umformen, wie du willst. Mit Quantenphysik und Orgonenergie kannst du dir eine Wunschwelt bauen! Yippie!" Ich will etwas entgegnen, da höre ich Geräusche am anderen Ende der Leitung. Eine Stimme sagt auf Englisch: „So, Herr Imamovic. Und jetzt kommen sie mal schön mit. Wir wollen nur ihr bestes. Sie wollen doch nicht, dass wir die Zwangsjacke rausholen?!?" Salih protestierte, es gab offensichtlich ein Handgemenge, bei dem mehrere Dinge zu Bruch gingen, und schließlich war Stille in Übersee. Ich legte auf. Versonnen schaue ich aus dem Fenster. Wieder die alte Frage: Wo ist die Grenze zwischen Erkenntnis und Wahn? Können auch naturwissenschaftliche Erkenntnisse in den Wahn führen? Und die Kernfrage = Bin ich wahnsinnig? Oder erleuchtet? Ich gehe auf und ab. Salihs Theorie klang interessant und verband sich homogen mit dem, was Frau Gräulich mir vor ihrem selbigen Ableben gesagt hatte. Ich konnte es nur selber überprüfen. Und dann vielleicht mich und den armen Salih gesellschaftlich rehabilitieren.

Vielleicht war es größenwahnsinnig, gleich mit der Belebung einer Toten anzufangen, aber Größenwahn war mir ja nichts Fremdes. Ich zog meinen Geist zusammen und murmelte: „Frau Gräulich lebt noch. Sie lebt noch. Und sie lässt ihre Zigarren in der Wohnung." Je länger ich dies dachte, desto wärmer wurde mein Kopf. Schließlich glühte er, und dieses Glühen pflanzte sich über meinen Rumpf und meine Glieder fort, strahlte in mein Zimmer und durch die Wände meiner Wohnung. Plötzlich machte mein Kopf einen Ruck. Jetzt müsste es geschafft sein, wenn ich recht hatte. Zitternd vor Aufregung lief ich zur Tür und öffnete sie. Ich spähte hinaus. Eine halbe Treppe weiter unten war die Wohnung von Frau Gräulich. Nichts rührte sich. Aber der Flur war sauber. Keine Leichenteile, kein Blut, kein Müll. Entweder hatte der Hausmeister ganze Arbeit geleistet während ich geduscht hatte – oder mein Plan war aufgegangen! Ich zitterte vor Ungeduld. Es drängte mich, bei Frau Gräulich zu klingeln, doch ich hielt inne. Vielleicht ging es auch anders. Ich richtete meinen Geist auf die Tür meiner Nachbarin und dachte: „Wenn du lebst, komm jetzt raus." Ich dachte dies drei Mal. Dann… Die Tür ruckelte und – öffnete sich. Die dicke Frau Gräulich schob sich in den Flur, wie eine Wurst in ihre lilageblümte Omaschürze gezwängt. Grummelnd überantwortete sie zwei blaue Säcke dem Müllschlucker. „Hallo, Frau Gräulich!", rief ich, „Wo haben sie denn ihre Zigarre?" „Zigarre?", kam der unverkennbare Bass meiner Nachbarin zurück, „Ich habe noch nie Zigarren geraucht, sie Wirrkopf!" „Nennen sie mich nicht Wirrkopf!", lachte ich, „Ihre Theorie von der Orgonenergie habe ich ja auch begriffen!" Frau Gräulich sah mich an wie ein Auto. „Organenergie? Terrorie? Gehen sie mal lieber arbeiten. Das vertreibt die Flausen!" „Aber", wende ich ein, „die Propheten und die Wahnsinnigen!". „Proleten?", raunzt Frau Gräulich. „Ja, gibt es viele von. Aber sie sind keiner. Sie sind ´n zerstreuter Professor!" Damit geht sie wieder in ihre Wohnung und knallt die Tür zu. Diesmal – denke ich – hat eindeutig ihr eigener Geist zu mir gesprochen, nicht mein orgon-mäßig auf sie übertragener! Aber, davon abgesehen – Hip hip hurra! Triumph! Es ging! Es ging wirklich! Man konnte mit seinem Geist seine Umwelt beeinflussen. Salih war nicht wahnsinnig. Ich war nicht wahnsinnig. Ich hatte die schlichte Frau Gräulich hochgeistig philosophieren lassen, hatte sie platzen lassen und sie von den Toten auferweckt! Irgendwie auch unheimlich. War ich so ´ne Art Jesus? Wen sollte ich fragen? Ich hatte ja schon kapiert, dass ich alle und alles zum Sprechen bringen konnte. Aber…war dann nicht jede Antwort, die ich bekam, nur das, was ich vorher schon wusste? Nachdenklich ging ich ein Stockwerk höher.

Der Hausmeister kam mir entgegen. Er fluchte: „Immer dieser Dreck hier im Haus. Und jetzt auch noch das ganze Blut und die Innereien! War das ein Gestank. Ich rufe den Reinigungsdienst an!" Ich stutze und stoppe den Hausmeister. „Warten sie mal", sage ich, „Wie kann es angehen, dass der Flur voller Blut und Innereien ist? Und welcher Flur überhaupt?" „Welcher Flur?", bellt der Hausmeister, „Noch eine Treppe hoch! Sehen sie sich die Schweinerei selbst an. Offensichtlich ist Herr Hässlich explodiert!" Es überläuft mich kalt. Ich will es jetzt ganz genau wissen. Ich packe den Hausmeister an der Schulter, sehe ihm gerade in die Augen und übertrage meine Orgonenergie auf ihn. Dann frage ich: „Warum ist doch jemand geplatzt? Ich dachte, ich hätte das rückgängig gemacht!" Die Augen des Hausmeisters funkelten milde. „Weil", sagte er, „Wenn sie einmal etwas in die Welt gesetzt haben, können sie es zwar an ebendieser Stelle annullieren –

aber dann muss es woanders hin. Was einmal in der Welt ist, bleibt in der Welt!" „Dann hat der eigene Geist Grenzen und muss sich an Regeln halten?" „Nur an die Regeln, die er sich selbst setzt." „Aber", protestierte ich, „diese Regeln habe ich nicht in die Welt gesetzt!" „Doch.", sagte der Hausmeister mit einem milden Lächeln, „Das haben sie. Zwar nicht durch bewusste Aktivität. Aber – einfach durch die Art, wie sie beschaffen sind. Ihr Geist hat eine Struktur, ein Erscheinungsbild, und das schafft Gegebenheiten, die sie selber vielleicht bewusst gar nicht gewollt haben und die sich ihrer Kontrolle entziehen!" „Aber!", rief ich empört, „Dann kann ich ja doch nichts für die Welt, in der ich lebe! Denn so bin ich doch geschaffen worden!" Der Hausmeister grinste sarkastisch. „So, sie sind geschaffen worden? Von einem gewissen Herrn Gott? Wer sagt ihnen, dass sie sich nicht selbst geschaffen haben und alles genauso wollten, wie es ist?" „Ich kann mich an meine Geburt nicht erinnern!", bockte ich trotzig. „Ja.", sagte der Hausmeister auftrumpfend, „Aber vielleicht war das Teil ihres Plans. Diese Amnesie der ersten Jahre und des Davor. Vielleicht sind sie ein Wissenschaftler, der eine Droge ausprobiert und sich bewusst unwissend gemacht hat, um aus seinem Trip unvoreingenommen lernen zu können." „Bin ich Jesus – oder so was?", fragte ich. „Das erfahren sie im nächsten Stockwerk!", lachte der Hausmeister. „Und – vergessen sie nicht – suchen sie nach der Tür! – Aber ihh! Was ist das denn?! Ein Mauseloch!"

Und in der Tat. Der sich von mir abwendende Hausmeister hatte am Treppenabsatz ein Mauseloch entdeckt. „So ne Scheiße!", fluchte er, „Da muss ich wohl mal nach dem Rechten sehen!" Mit diesen Worten veränderte sich seine Gestalt. Er wurde lang und schmal wie ein Faden, dann schrumpfte er zusammen und schließlich ging auf seinem stecknadelgroßen Kopf eine winzige Bergmannslampe an. „So, dann wollen wir mal!", fiepste er und schlängelte sich in das dunkle Mauseloch hinein.

Achselzuckend ging ich weiter. Mich wunderte gar nichts mehr. Nur eines musste ich mir nochmals vergewissern: Meine Umwelt war doch grotesk, verhielt sich wahnsinnig. Nicht ich! Ich war doch hier der einzig Normale. Gut – ein Normaler, der die Gesetze der

Quantenphysik und Orgonenergie anwandte – aber trotzdem normal! Wieso schluckte ich eigentlich dieses Tavor!?

Im nächsten Stock war die Hölle los. Polizeibeamte rannten herum und untersuchten Herrn Hässlichs Überreste. War dessen unschönes Ableben meine Schuld? Dann war ich doch bestimmt nicht Jesus, sondern vielleicht – der Antichrist! Eben, als ich dies denke, fällt mir das Türschild gegenüber von Herrn Hässlichs Wohnung auf. Dort steht *Böse/Übel*. Vielleicht war das eine Spur. Ich klingle. Es öffnet mir ein stämmiger Mann meines Alters mit dunklen langen Haaren, ganz in Schwarz gekleidet. Um seinen Hals trägt er ein umgedrehtes Kreuz. „Das Satanistenpärchen, das neulich eingezogen ist!", schießt es mir durch den Kopf. „Nein.", sagt der Mann freundlich, „Wir sind kein Satanistenpärchen. Ich bin Satanist. Meine Freundin ist Alienexpertin! Melitta, schau mal, wir haben Besuch!" Eine zigeunerhaft aussehende Frau mit Alienkette-und-Ohrringen, die befremdlicher Weise einen Kinnbart trägt, betritt das Zimmer. Der Schwarzhaarige sagt leutselig: „Gestatten, meine Freundin Melitta Übel, und ich bin Eduscho Böse!" „Wozu die Kaffeenamen?", frage ich. „Weil wir schwarz sind!", antwortet Eduscho. „Nein!", wirft Melitta mit schnarrender Stimme und unverkennbarem Hamburger Dialekt ein. „Ich bin nicht schwarz. Ich bin eine besonders dunkle Form von Weiß." „Lass sie!", knurrt Eduscho und raunzt seine Freundin an: „Du bist echt die bleiche Inkompetenz! Wie die Hure Jesus am Kreuz!" „Wieso ist Jesus eine Hure?", frage ich arglos. Damit habe ich bei Eduscho einen Nerv getroffen! „Wieso!? Das fragst du noch!? Verdammt, er hat seinen Körper und seine Seele und wahrscheinlich auch noch seinen verrotteten Geist dem Pöbel zur freien Benutzung überlassen. Auf Jesus kann man mal eben seine Sünden abwichsen! Ah! Geiler Orgasmus! Und dann fühlt man sich wieder leicht und frei! Weißt du, Patrick, das stinkt doch zum Himmel! Da muss man doch Satanist werden, Alter!" Mit Mühe unterbreche ich Eduscho Böse und frage: „Kannst du eigentlich Gedanken lesen? Eben an der Tür habe ich gedacht, dass ihr ein Satanistenpärchen seid, und du hast meine Frage sofort beantwortet, ohne dass ich sie gestellt habe. Und gerade kanntest du meinen Vornamen, ohne dass ich ihn genannt hatte." „Schlaues Kerlchen", grinste Böse wohlwollend und klopfte mir auf die Schulter. „Wie geht das?", fragte ich. „Ja, weißt du", sagte Eduscho, „Das ist eigentlich das Fachgebiet von Melitta. Frau!?" Melitta Übel schaute irritiert hoch und nestelte an ihrer Alienhalskette. „Gedankenlesen!", konstatierte sie, „Tscha! Ganz einfach! Die Aliens fickten mit den Affen, daraus entstanden die Menschen. Denen pflanzten die Aliens einen Chip ins Gehirn, den so genannten Geist. Die Geister nun wiederum sind alle bei der Explosion eines noch größeren Geistes entstanden. Sie sind so zu sagen alles Splitter davon. Aber wie heute jeder Physiker weiß: Das kleinste Teilchen eines Ganzen hat den Bauplan des Ganzen in sich. Somit ist jeder Geist Abbild des großen Geistes, oder besser gesagt: Jeder Geist *ist* der große Geist selbst!" „Aha", schluckte ich. „Aber ich dachte, du wolltest mir etwas übers Gedankenlesen sagen!" Melitta hielt kurz inne, verdrehte die Augen zur Zimmerdecke, dann fuhr sie fort: „Ja, und da jeder Geist dem großen Geist entspricht, entspricht auch jeder Geist jedem anderen Geist. Jeder ist sowohl der große Geist, als auch eben nur ein Teil von ihm. Und diesen individuellen Teil kann man mit dem Teil, der großer Geist ist, erkennen. Auch bei anderen Menschen. So funktioniert Gedankenlesen!" Melitta seufzte auf und kraulte ihren Kinnbart.

„Ja", sagte ich, „Aber wer war, oder ist, der große Geist?" „Ja", entgegnete Eduscho, und seine Stimme bekam einen drohenden Unterton, „Ja, wer... Den bekäme ich gerne mal in die Finger, denn er ist ja schließlich für diesen ganzen Mist verantwortlich!" Mir wurde es unbehaglich. Ich erinnerte mich daran, was der Hausmeister gesagt hatte. Vielleicht war ich ein Wissenschaftler auf Droge, der das alles geschaffen hatte, inklusive seiner selbst. Vielleicht war *ich* das, was diese beiden Freaks hier den „großen Geist" nennen würden. Irgendwie wollte ich gehen, doch ich erinnerte mich daran, dass ich auf diesem Stockwerk erfahren sollte, ob ich Jesus bin. Ausgerechnet von einem Satanisten! Aber vielleicht war das kein Zufall. Mein Geist mochte halt Paradoxien. „Sag mal, Eduscho! Könntest du dir vorstellen, dass ich Jesus bin? Ich habe nämlich heute jemanden von den Toten auferweckt!" Eduschos Augen wurden groß. „Du – Jesus? Ja vielleicht. Du bist ein verdammt helles Licht, soviel ist sicher!"

Wir verließen den Flur und setzten uns im Wohnzimmer auf Ledersessel. Melitta nahm eine Axt hervor und begann sie zu schärfen. „Theoretisch", sagte sie, „kann erst mal jeder Jesus sein. Jesus war ein Alien. Und wir sind auch alle Aliens." „Ach, halt die

Klappe, bleiche Inkompetenz!", blaffte Eduscho. „Da habe ich doch nun mehr Ahnung von! Also. Du fragst, ob du Jesus bist. Nun ja. Wer war Jesus? Stützen wir uns auf die Bibel, Evangelium des Johannes. Jesus war das lebendige Wort, das am Anfang alles war. Alles ist durch ihn geschaffen worden. Er war das Licht der Welt, aber die Welt liebte die Finsternis. Und dann wurde Jesus Mensch. Er, der alles war, kam in die Welt, aber die Welt erkannte ihn nicht. Sie kreuzigte ihn. So weit die Bibel. Ich nun sage: Die Kreuzigung geschah zu Recht!" „Warum?", fragte ich. „Nun, ganz einfach!", erklärte Eduscho. „Jesus wollte über eine Welt richten, die auf seinem eigenen Mist gewachsen war. Wenn die Welt die Finsternis liebte, dann doch nur, weil Jesus sie so geschaffen hatte. Jesus sagte: *Wie ihr urteilt, so wird über euch geurteilt werden.* Genau das ist ihm passiert. Er urteilte über eine Welt, die er selbst war, und das Urteil fiel auf ihn zurück!" In meinem Kopf kreiste es. „Aber", fragte ich, „ist damit nicht wieder Gerechtigkeit hergestellt? Der Schuldige ist tot, die Welt ist frei!" „Die Welt ist frei!?", schnaubte Eduscho, „Die Welt ist eine Hölle! Ich brenne darauf, einmal dem Verursacher zu begegnen. Dem würde ich sein faltiges Hälschen durchschneiden!"

„Ich bin´s!", rief ich aufspringend in einem Anflug von Mut. „Ich bin der Verursacher! Ich bin Jesus! Ich bin der große Geist!" Inzwischen stand ich auf dem Couchtisch und drehte mich herrschaftlich. „Scheiße, er hat recht!", presste Melitta hervor. „Er hat recht! Er ist es! An die Äxte!" Melitta packte ihre Axt, die sie die ganze Zeit geschärft hatte und warf Eduscho eine zweite zu, die unter ihrem Sessel gelegen hatte. Jetzt hieß es verduften, ehe diese Totalbekloppten Hackfleisch aus mir machten. Ich stratzte zur Tür, riss sie auf, lief raus und knallte sie direkt vor Eduschos Gesicht wieder zu. Ich lief einem Polizisten in die Arme. Der Kriminalbeamte, der noch immer mit Herrn Hässlichs Überresten beschäftigt war, wollte mich partout nicht durchlassen. Die Wohnungstür von Böse/Übel erzitterte schon unter Eduschos Axtschlägen. „Hilfe!", keuchte ich. Da! Krachend durchbrach die Axt das Holz der Tür und Eduschos Gesicht starrte hasserfüllt durch die Lücke. „Hallo, Jesus!", rief er mit einem irren Grinsen, „Hier kommt Jacky!" Eben da, bei diesem Zitat aus dem Film *Shining*, steifte mich ein großer Anflug von Geistesgegenwart. Ich konzentrierte mich und richtete meine Orgonenergie auf Eduscho Böse. Es brauchte eine

Weile, aber dann verschwand der Hass von seinem Antlitz und machte einer großen Traurigkeit Platz. Tränen kullerten aus seinen Augen und er schluchzte: „Aber Danny! Ich bin doch dein Daddy! Ich würde dir doch niemals etwas antun!" Damit ließ er die Axt fallen. Sie fiel mit dumpfem Poltern dem Kommissar vor die Füße. „Interessant!", schnalzte seine Zunge. „Kombiniere, kombiniere, sie sind für dieses ganze Blutbad verantwortlich, Herr...Böse." Der Kommissar trat die lädierte Tür auf und verschwand mit dem schrägen Pärchen im Dunkel ihrer Wohnung. Ich atmete auf! Nichts wie weg!

Schnell hetzte ich eine Treppe höher. Dort waren zwei Türen. Über einer war ein Buchsbaumzweig aufgehängt, über der anderen duftender Flieder. Ich las die Namensschilder. An der Buchsbaumtür stand *A. Liederlich* und an der Fliedertür stand *E. Lieblich*. Mich durchrann es beim Lesen dieses zweiten Namens. Endlich mal ein Name in meinem Haus, der schön klang! Dort wollte ich hinein. Ich klingelte Sturm. Eine hübsche Frau Anfang Dreißig öffnete und lachte mich offensiv an. „Na! Du hast es aber eilig!" „Ja.", sagte ich, plötzlich verlegen. „Es drängt mich sehr, einmal etwas Schönes zu sehen, einfach, um zu wissen, ob ich auch etwas Schönes in mir habe." „Tja, die schönen, freundlichen Momente sind in dieser Geschichte eher spärlich gesät. Aber es gibt sie. Komm rein!"

Die Schöne geleitete mich in ein geschmackvolles Wohnzimmer voller einladender, gepolsterter Möbel. Wir setzten uns, und sie bot mir Pralinen an. „Ich heiße Eumaya Lieblich.", stellte sie sich vor. „Patrick R., Schriftsteller, schizophren!", tat ich das Meinige. „Na, bist du ein Zyniker?", fragte sie. „Man kann schon einer werden, wenn man eine Tavor nimmt und dann alles verrückt spielt." Eumaya rümpfte die Nase: „Tavor, verrückt, Schizophrenie! Vergiss das mal ganz schnell! Du befindest dich nicht auf Psychose, sondern auf einer mystischen Reise. Das Tavor hat deinen bewussten Verstand lahmgelegt. Nun reist du durch dein Unbewusstes."

Ich sah mich in Eumayas Wohnung um. Sie war offensichtlich eine Esoterikerin. Überall an den Wänden hingen Mandalas, auf Regalen standen Buddha- und Krishnafiguren, und auf dem Tisch lag aufgeklappt ein tibetanisches Totenbuch. „So.", nahm ich den Faden

45

wieder auf. „Ich bin also auf einer mystischen Reise. Nicht geisteskrank, wie die Ärzte sagen?" „Ach, die Ärzte sagen dir auch nur, was ein Teil deiner Selbst hören will. Du selbst bist es doch, der seine Erkenntnisse lieber für Wahnsinn hielte, als sich ihren Konsequenzen zu stellen." „Aber wer bin ich denn!?", rief ich aufgebracht, „Ein Jesus, ein Antichrist, ein Künstler, ein Prophet oder einfach nur eine Made im Weltall, die zerquetscht wird!?" Eumaya lächelte: „All das und noch viel mehr!" „Eduscho Böse hat mir gesagt, die Kreuzigung Jesu sei gerecht gewesen, weil Jesus über eine Welt geurteilt hat, die er selbst geschaffen hatte." „Auf welches Evangelium hat sich Eduscho denn da berufen?", fragte Eumaya. „Auf Johannes!", gab ich zurück. Eumaya lächelte siegermäßig: „Da hat der Gute, äh, Böse aber nicht genau hingelesen! Bei Johannes steht: *Ich bin nicht gekommen, um zu richten, sondern um zu sammeln, was verloren ist!* Weißt du, es ist so: Jesus, oder sagen wir besser, der Mensch, der Logos, der Geist schuf eine Welt. Psychologisch gesagt, er spaltete sie aus sich heraus. Somit ist diese Welt, die ihm jetzt gegenübersteht, sein Schatten, das, was er von sich verdrängt. Das sind natürlich meistens unschöne Dinge, darum sieht es in der Welt so hässlich aus, aber auch manches von seinen schönen Seiten hat er in die Schattenwelt verbannt. Er, der Logos, ist Gott. Und er wird nun Mensch, ein Teil seiner Schöpfung, eben weil er die verdrängten kleinen Monster seines Geistes kennenlernen möchte und weil er sie zurück holen möchte zu sich bzw. zum Vater, der er ja selber ist. Sein Anliegen ist: Er möchte ganz werden, er möchte zu sich selber stehen lernen und alle Aspekte seiner Selbst nicht mehr ablehnen, sondern heiligen. Er musste gekreuzigt werden, denn nur so war er wieder außerhalb der Welt und konnte die, die ihn annahmen, zu sich holen!"

Während Eumaya sprach, war eine große Gelassenheit in mich eingekehrt. Sanfte Ruhe erfüllte mich. „Und ich?", fragte ich, „Ich bin dieser Jesus, der die Welt erlösen soll, indem er zu sich selber stehen lernt?" Eumaya schwieg. Mein Blick schweifte wieder durch das Wohnzimmer. Plötzlich fielen mir die vielen Bongs und Haschischpfeifen auf, die überall herumlagen. Und auf einem Eckschrank stand sogar eine Flasche Absinth! Mit welchen Drogen wartete Eumaya noch auf? Wer war sie überhaupt? „Wer ich bin?", fragte Eumaya lachend, denn sie hatte meine Gedanken längst gelesen, „Übersetze doch einfach meinen Namen!" Ich tat es. „Eu, das heißt Schön, und Maya, das ist der Schein! Du bist der schöne Schein? Ein Truggespinst?Die Wahrheit verklärt durch einen Schleier? Was ist Wahrheit!?" „Das hat Pilatus auch gefragt, du erinnerst dich, Johannesevangelium. Und er ist nicht weit gekommen. Wir alle können die Wahrheit nur hinter den Masken der Illusion erkennen. Du natürlich willst es genau wissen! Aber tröste dich. Vielleicht erfährst du das ja hinter der Tür. Sie ist nahe!" Ich sprang auf. Am Eingang drehte ich mich noch einmal um. „Wo", fragte ich, „wäre ich gelandet, wenn ich durch die Tür mit dem Buchsbaum gegangen wäre?" Eumaya lächelte: „Buchsbaum ist ein Friedhofsgewächs. Du wärest in deinem eigenen Grab gelandet!" Damit schloss sie ihre Wohnungstür.

Verwirrt und klopfenden Herzens erklomm ich die nächsten Stufen. Ich kam jetzt in den obersten Stock. Dort waren die Wände weiß gestrichen und eine einzelne rote Tür befand sich in der Mittelwand. Davor saß auf einem Stuhl ein schnautzbärtiger Beamter mit Schirmmütze. Mein Herz klopfte. Ich schien am Ziel zu sein. Die Szenerie erinnerte mich an die Kafka-Erzählung *Vor dem Gesetz*. Doch den Fehler von Kafkas Protagonisten wollte ich nicht machen. Ich wollte durchgehen. Ich sprach den Türhüter an. „Hey, sie, ist das die Tür, nach der ich schon so lange suche?" „Ja, sie ist es wohl.", gab der Mann mürrisch zurück. „Dann können sie mir sicher eine Frage beantworten: Bin ich wahnsinnig oder nicht?" „Merkwürdige Fragestellung!", knurrte der Beamte. „Eigentlich ist das völlig ohne Belang, aber…", er musterte mich, „ihnen scheint das ja sehr wichtig zu sein." „Es ist die entscheidende Frage!", protestiere ich. „Denn entweder habe ich Erkenntnisse über mich und die Welt gewonnen, oder es sind alles nur Hirngespinste eines Irren. Ich finde, das macht einen großen Unterschied!" Der Türhüter sah mich mahnend an: „Wissen sie, wenn sie so denken, haben sie das Wesentliche noch nicht verstanden. Sie sind Schriftsteller, nicht? Und man hat ihnen gesagt, dass sie schizophren sind, nicht? Und was machen sie, genau wie Kafka im Übrigen auch? Sie schreiben das alles auf, in der Hoffnung, das irgendwer das liest und ausruft: ‚Nein, der Kerl ist nicht wahnsinnig! Er ist ein Genie! Er hat recht, mit dem, was er schreibt!' In Kafkas und ihrer Literatur sind die Protagonisten oftmals die einzig Normalen. Aber vielleicht ist es ja auch umgekehrt!

Vielleicht ist die Welt normal und ihre Protagonisten sind verrückt!" Der Türhüter brach in ein schallendes Gelächter aus. „Warum lachen sie?", fragte ich. „Weil", gab er mir zur Antwort, „die ganze Fragestellung lächerlich ist. Junger Mann, sie haben doch wohl mittlerweile kapiert, dass die Welt ihr Spiegel ist und sie der Spiegel der Welt sind! Welche Seite von Beiden ist nun verrückt? Na?" Ich dachte kurz nach: „Keine? Oder Beide? Ach Gott, *das* macht einen verrückt!" Der Türhüter lächelte. „Erst, wenn sie solche Bewertungskriterien wie ‚verrückt' und ‚normal' ad acta gelegt haben, werden sie weise sein. Aber für sie spricht, dass sie von gutem Verstand und voll Feuer sind. Also befinde ich sie bereit für die alles entscheidende Frage." „Wie lautet sie?", rief ich ungeduldig. Der Türhüter holte tief Luft: „Sie lautet: Wissen sie, wer sie sind?" Ich schaute zu Boden: „Ich habe darüber im Laufe des Tages verschiedene Versionen von verschiedenen Leuten gehört. Ich weiß nicht, was ich glauben soll!" Der Türhüter kniff die Augen zusammen: „Aber sie, was glauben *sie selber*, wer sie sind?" „Offengestanden, ich weiß es nicht!" Dann kommen sie hier auch nicht rein!", befand der Türhüter barsch. Da platzte mir der Kragen! „So, ich komm da nicht rein, sagen sie? Das wollen wir doch mal sehen!" Mit einem kräftigen Tritt kickte ich dem Beamten den Stuhl unterm Hintern weg und – hatte somit den Weg frei. Resolut öffnete ich die rote Tür und ging hindurch.

Der Raum, in den ich trat, war überfüllt mit Menschen. Und ich kannte sie alle. Es waren Frau Gräulich und Herr Hässlich, der Hausmeister mit seiner Bergmannslampe, das Paar Böse und Übel, Eumaya Lieblich und auch mein Freund Salih Imamovic. Sie schienen in Smalltalk vertieft, denn sie drehten sich mit irritierten Gesichtern zu mir um. „Hat er die Frage beantwortet?", grunzte Frau Gräulichs Bass. „Natürlich nicht!", zischte Eduscho und strich über seine Axt. „Was machen wir nun mit ihm?", fragte der Hausmeister. „Das soll er selbst entscheiden!", forderte Eumaya. „Ich möchte doch nur wissen, wer ich bin.", schluckte ich. Der Pulk rottete sich zusammen. Dann sprachen sie wie aus einem Munde: „*Du bist der Zwiespalt, der die Einheit in hell und dunkel teilt! Du bist aber auch die Einheit selbst!*" „Und was ist nun mit mir?", rief ich, „Muss ich hingerichtet werden?" Eduscho Böse erhob das Wort: „Jawohl, du bleiche Inkompetenz!" In meiner Kehle begann sich ein Klumpen zu bilden.

Die Menschen verschwammen und lösten sich auf. Ich war plötzlich allein in diesem Raum. Und so konnte ich ihn erstmals genau in Augenschein nehmen. Es war ein gekachelter Duschraum. An beiden Längsseiten des Raumes waren Brausen angebracht. Und plötzlich streifte mich die Erinnerung, dass mir mein Haus immer vorkam wie ein KZ. Ja, ein KZ. Mit einer Gaskammer! Panik durchzuckte mich! Ich schrie. Meine Augen suchten die Tür; sie war verschwunden. Und nun begann das Gas einzuströmen, langsam, schleichend! Ich schnupperte. Wie wohl Zyklon B riecht? Aber es war kein Gas, das da durch die Brausen strömte. Es waren Lichtgestalten. Sie schwebten um mich her, umwoben mich, lockten Teile meiner Seele heraus und entnahmen sie mir. Schließlich war der ganze Raum angefüllt mit meiner Seele. Ich kauerte am Boden.

Da öffnete sich die Decke, und ich sah den Sternenhimmel. Und hell strahlend und gleißend senkte sich mein Engel von oben herab und hielt mir seine Hand hin. „Du musst nicht hingerichtet werden, mein Dummerchen!", sagte er mit warmer, volltönender Stimme. „Du hast alles richtig gemacht!" „Aber", fragte ich kleinlaut, „bin ich nun normal oder verrückt?" Mein Engel lächelte und streckte die Hand aus: „Lass das die Nachwelt entscheiden! Komm jetzt!" Und ich ergriff die Hand meines Engels, und wir vereinigten uns, bis wir nur noch aus reinem Licht bestanden. Dann erhoben wir uns an den Nachthimmel.

Die einzige brauchbare Spur, die die Polizeibeamten nach meinem Verschwinden in meiner Wohnung fanden, war eine halb verbrauchte Tavordose…

In der Foltergewalt der Außerirdischen
(Stockholm-Syndrom in grünem Affenblut mit Cordlatzhose)

„Myriaden von Häuserwürfeln,
wir sind hier ganz allein,
wir bleiben nur, wenn wir dürfen,
können wir Freunde sein?"

„Nein, denn ihr wollt uns schlachten,
wir kennen euch schon von dort,
wo wir die Feuer machten,
an dem geheimen Ort."

Sie nahm ihn unter die Knute,
nahm ihn in den Vertrag,
und zeigte sich ihm als Stute,
die jeder vögeln mag.

Sie stand vor ihm an der Bühne,
und hat ihn sanft verhext,
ihn flachgelegt an der Düne,
„Du wirst besser, wenn du leckst."

Er stürzte in Myriaden
von Häuserblocks wolkig ab,
verkündete Tod und Schaden,
und kühlte sich ab im Grab.

Und Supermarktangebote
wurden wie Hedgefonds verscherbelt,
ein Supergewinnspiel für Tote,
der Kuckuck, er warbled und werbelt.

„Mannkinder: Mankind, Menschheit,
ihr sollt verlöschen im Dust,
und fahren mit einem Schnellzug
in den Europapark Rust.

Dort wird der Enzian-*Ex*- Press
plötzlich die Euro-Mir,
sie schießt euch dann rauf ins Weltall,
Hitler, wir danken dir!"

Und sie tanzen wild auf den Städten,
als King Kong, Tarantula, God-Zil*la,*
sie treten zu, wenn and're beten,
und brabbeln, wo deutliche Sprache war.

Der Hergang einer klassischen Außerirdischen-Entführung, wie man sie aus Science-Fiction-Filmen kennt, satirisch auf die Spitze getrieben. Anklänge auch an Filme wie „Predator" und „Cube". Enzian Express und Euro-Mir sind Fahrgeschäfte im Europapark Rust. Manchmal kann man Gutscheine für Freizeitparks gewinnen, wenn man statt einem Glas Nutella 20 Gläser Nutella kauft.

Die mayaaaaaaaaaasche Brüggeeeeeeeeee
(Kinderlieder aus dem 19. Jahrhundert nach 20 Bier)

Als ich gestern die meyer'sche Brücke querte,
sah ich, dass sie nicht zerbrochen war.
Ich hatte sie gequert.
Nicht gequeert.

Berauscht von all der völlig natürlichen Subtropik
des sie umgebenden Waldes
holte ich meinen Dödel raus
und begattete den Grenzzaun,
der ins Bundeswehr-Übungsgebiet führt,
wo Außerirdische meinen Freund Blaselius Zwabbelmann
mit einem Supersaugstrahl ins Weltall hochgerissen hatten,
um ihn vor den pädophilen Hunden zu beschützen,
die gerade auf diesem Weg entlangliefen,
um über die meyer'sch Brücke
zur meyer'schen Mühle zu gelangen,
wo die frische, von den Nazis gesponserte Müllermilch gemahlen und
zu Instantmilchpulver
für Zwiebäcke, Unterschichtskaffee und Crack
verbacken, verbraten und an Plakate gemalen wird,
die sehr bald von Malen und Krickeln,
den beiden geklonten Graffittisprayern,
übermalt werden.

Als die pädophilen Hunde mit ihren Metallstiefeln
über die Brücke rannten,
und sich fragten, wo die linksradikale Drecksau geblieben war,
die sie hatten beißen wollen,
brach die meyer'sche Mühle unter ihrem Gewicht zusammen.
Sie hatte einen Crack gehabt.

Das bekannte Kinderlied von der meyer'schen Brücke machte nun
zum ersten Mal richtigen Sinn.

Und Familie Meyer fiel endlich auf,
dass hinter dem Zaun vor ihrem Haus
schon lange kein Bundeswehr-Testgebiet mehr war.

Sie wechselten das Schild
gegen ein „Vorübergehender Brückenschaden"-Schild
und ein „Hunde mit Metallstiefeln Verboten-Schild" aus.

Da kamen ihr Neffe Blaselius und seine Freunde ALF und ET
endlich aus ihrer außerirdischen Parallelwelt zurück.

Sogar ich wagte mich wieder hinter dem Baum hervor,
hinter dem ich gestanden hatte,
um dort meine sexgeile, dreijahrige Uroma zu missbrauchen.

Und der Maharishi und Buddha huschten als wiedergeborene Bienen
mit Maja, Willi und Kassandra
vorm Wespensterben fliehend durchs Unterholz
und verständigten sich darüber, dass alles Maya ist,
und der Maya-Kalender schon wieder abläuft.

Im selben Moment fiel mit einem lauten Knall der Grenzzaun um,
und die NASA fuhr mit riesigen Panzern durch den Wald,
um Elliott, Gertie und Stephen King
vor den Aliens aus H.R. Gigers Gehirn zu beschützen,
und ihnen mitzuteilen, dass es sich bei ihnen
um Es, Ich, Überich und Jack Torrance
im Nebel des Atomversuchs der Militärgorillas vor dem Supermarkt
aus Stephen Kings „Der Nebel" handelt,
die zu viert im Trio ihre Rollen als Gott, Jesus und Heiliger Geist
für ein Remake von Mel Gibsons berühmtem Film
„Die Passion der Zahnpastareklame"
einüben,
mit der religiösen Fanatikerin aus „Der Nebel",
die eine Runde länger überlebt,
als Zugabengimmick.

Natürlich fuhren sie da auch längs,
um die Übermenschen, die Untermenschen,

und die für das Menschsein übenden Übungsmenschen,
deren Aufgabe es ist, Hausaufgaben in Schulen zu überwachen,
sowie, um halbfertige Androidenmenschen-Prototypen,
die Müllmänner ersetzen sollen,
zu überwachen, unterfordern, und sie
durch eine Unterführung
des illegalen Pfandflaschensammelns
und der Polizei zu überführen,
die sie in Gummi-Einzel-und-Körperzellen
in Übernächtigung unterweist.

Da kam eine halbfertig geklonte Ellen Ripley aus dem Wald gelaufen,
und ballerte wahllos alle um.

Zurück blieben Psychologen und Chaostheoretiker, die Dinosauriern
erklären wollten, dass das Auffressen von Menschen einen
Straftatbestand erfüllt,

ein zwangskranker, hypochondrierender Allergiker, der laut schrie:

„Ich vertrage das Wort „*Bestand*" nicht!!!",

und Kinder, die „Die meyer'sche Brücke" sangen.

Genau deswegen mag ich Sex lieber ungeschützt.

Das betreffende Kinderlied geht so:

„Die meyer'sche Brücke, die meyer'sche Brücke, die ist so sehr zerbrochen."

**Ursprünglich handelt es sich dabei wohl
um ein Revolutionslied aus der Zeit um 1848.**

Privat
(eine unprivate Kurzgeschichte, die jegliche Privatsphäre verletzt)

Sie machten ein Privatghetto mit Privatwegen, Privatspielplätzen und Privatpinkelbäumen für ihre Hunde.

Irgendwann kam jemand dort vorbei aus einem anderen Land, der das Wort „Privat" nicht kannte. Er ging in das Privatghetto hinein, weil er es für ein Wohngebiet hielt, und grüßte alle freundlich. Man verwies ihn schreiend der Gegend.

Langsam und verwundert ging er über den Privatweg von dort weg, immer der Bahnlinie entlang. Es war der kürzeste Weg zum Bahnhof. Dort angekommen ging er noch schnell in einen Supermarkt, um sich für die Heimreise etwas zu Essen und zu Trinken zu kaufen. Pflichtbewusst setzte er seine Corona-Maske auf. „Da ist der Ladendieb von gestern!", schrie eine Frau an Kasse eins. Der Securitymann des Supermarktes packte den Fremden und jagte ihn zum Supermarkt hinaus. Von Angst und Panik getrieben rannte der Mann wieder den Privatweg zurück hinab, der in das Wohngebiet führte.

Traurig kehrte er noch einmal auf den Privatspielplatz zurück und streichelte Bänke und Spielgeräte, weil ihn all das an seine eigene Kindheit erinnerte. Da ging ein Alarm los, ein Polizist kam und schrie: „Jetzt haben wir dich, du Schwein, das unsere Kinder missbraucht!". „Aber ich bin doch erst heute angekommen…", murmelte der Mann entsetzt. „Auch noch Widerworte!", schrie der Polizist mit hochrotem Kopf. Er schlug den fremden Mann zusammen.

Das alles wurde vom All aus durch eine Satellitenkamera gefilmt und fand seinen Weg in die Abendnachrichten. Im Laufe der Sendung bereits klingelte das Telefon der Nachrichtenredaktion. „Wir wollen nicht, dass über die Sache berichtet wird.", sagte eine Anwohnerin aus dem Privatghetto. „Warum nicht?" fragte der Redaktionsleiter.

„Weil uns das zu privat ist, und es unser Privatleben und unsere Privatsphäre verletzt." „Aha.", sagte der Redaktionsleiter der Nachrichtensendung, „Es ist aber schon im Fernsehen gelaufen.". Die Frau am anderen Ende der Leitung fing an, mit sich überschlagender Stimme zu schreien. „Dann verklage ich ihren Sender! Sie verletzen die Privatsphäre unserer Siedlung!". Entnervt legte der Redaktionsleiter auf. Nach der Sendung sagte er dem Anchorman der Spätnachrichten seufzend, dass schon wieder eine dieser Verrückten angerufen habe. Der Anchorman verzog gestresst das Gesicht, blaffte: „Lassen sie mich in Ruhe, ich habe jetzt Feierabend!", setzte sich Kopfhörer auf, um die Bahnfahrt zu überstehen ohne auszuflippen, ging zum Bahnhof in der Nähe des Senders und fuhr mit der U-Bahn Richtung seines Heimatstadtteils. Unterwegs kam ihm der Gedanke, dass er doch auch einmal in einen ruhigeren Teil der Stadt fahren könnte. Irgendwo an den Stadtrand, wo noch mehr Natur war. Er blickte kurz auf die Stadtteilapp auf seinem Smartphone und entschied sich dann für einen der östlich gelegenen Außenstadtteile. Dort sollte es recht grün und ruhig sein.

Er fuhr dorthin, stieg in aller Seelenruhe aus, kaufte sich am Abendschalter des Bahnhofskiosk noch ein Bier, und ging dann fröhlich singend den Weg am Bahngleis entlang. Die Luft war warm, es sangen noch ein paar Vögel, und ein Zug, der offenbar Richtung einer anderen Stadt fuhr, rauschte mit großer Geschwindigkeit an ihm vorbei. Als er eine Weile auf diesem Weg unterwegs gewesen war, fiel ihm die merkwürdige Atmosphäre dort auf. Es fühlte sich an wie in der trockensten Wüste, die man sich denken konnte, und übers Firmament schossen grüne Blitze. Plötzlich torkelte ihm ein dicker Mann in zerlumpten Klamotten entgegen, der ihn anschrie: „Ey, du bist auch einer von den Außerirdischen! Wir wollen dich hier nicht haben!". Erschreckt ging der Nachrichtenanchorman weiter. Abwehrend hob er die Bierflasche. „Ach.", lächelte der Mann plötzlich: „ Du gehörst zu dieser Anzugmafia, die auch betteln geht. Dann ist ja gut. Ich hab noch `ne ganze Flasche puren Wodka hier in der Jacke. Willste haben?". „Geh mir aus dem Weg, du Penner!", schrie der Anchorman und ging an dem Zerlumpten vorbei. „Ich bin kein Penner.", grunze er, „Ich wohne hier. Und übrigens: Dies ist ein Privatweg.".

Der Anchorman ging kopfschüttelnd weiter. Schließlich kam er in das Wohngebiet, in das er wollte. Es war wirklich sehr schön grün. Er ging eine Straße entlang. Die leergetrunkene Bierflasche warf er in einen Mülleimer am Straßenrand. Dann merkte, er, dass er ziemlichen Harndrang hatte, öffnete den Hosenschlitz und pinkelte gegen einen Baum. Eine ältere Dame ging vorbei. „Hauen sie hier ab, das ist ein Privatbaum für meinen Hund!" keifte sie. Der Anchorman drehte sich erschreckt um. „Oh!" entfuhr es der alten Dame. „Sie sind ja der Nachrichtensprecher Soundso. Verzeihen sie bitte.". Sie kratzbuckelte unterwürfig, zog ihren kleinen Rehpinscher an der Leine und ging einen anderen Weg entlang. Plötzlich zuckte hinter einem der Wohnhausfenster ein Lichtblitz auf. Kichernde Mädchenstimmen ertönten. Per Funksatellit wurde das Foto von dem pinkelnden Anchorman auf allen nur denkbaren sozialen Netzwerken geteilt.

Plötzlich schoss jemand neben dem Anchorman aus dem Boden. Es war ein Farbiger, der offenbar gebrochene Knochen hatte. „Du Verbrecher!", schrie er. „Du hast in meiner Gegend gegen Privatbaum gepisst!". „Gegen EINEN Privatbaum!", berichtigte ihn der Anchorman. „Halt die Schnauze, du Arschloch!", brüllte der Farbige. „Du Asylant, oder was? Asoziale Drecksau". Mit diesen Worten schlug er dem Nachrichtenanchorman ins Gesicht, dieser stolperte und fiel hintenüber auf den Kantstein, wo er sich sein Genick brach, und verkrümmt liegenblieb.

Ein Mann in einer leuchtenden Neonjacke kam auf Rollschuhen den Privatweg herunter. Der Farbige konnte sich kaum noch aufrecht halten. Seine gebrochenen Knochen splitterten immer mehr in seinem Körper kaputt, und nun tat auch seine Hand weh, mit der er zugeschlagen hatte. Erleichtert sah er, dass der Neuankömmling keine Füße hatte. Die Rollen waren an seinen Beinen festmontiert. „Ah, da bist du ja.", sagte er glücklich. „Hast du mittlerweile herausgefunden, was das Wort ‚Privat' heißt?". „Nein.", entgegnete der andere. „Die Leute hier haben nur so eine komische Sache namens Google, die auch nichts weiß.". „Und jetzt?", fragte der Fremde. „Keine Ahnung.", sagte sein Freund. „Aber ich habe beschlossen, mich den hiesigen Sitten anzupassen.".

57

Er zog seinen Protonenphaser und schoss den Farbigen in tausend leuchtende Moleküle. Der bürgernahe Polizeibeamte kam vorbei. „Gu'n aaaamd.", grüßte er mit Mainzelmännchenstimme. „Moin!", sagte der Neonmann mit den Rollschuhfüßen. „Ach schon zu Aldi?", fragte der Polizist verdattert. „Nach Aldi.", berichtigte ihn der Mann in der Neonjacke, „Das ist der Ort neben Lidl und Ischgl." Der Polizist stieg in seinen Manta, in den er gestern noch einen frischen Duden eingebaut hatte. Er hatte mittlerweile von seiner vorgesetzten Dienstelle gemeldet bekommen, dass der Privatweg des Privatghettos illegal war, und das Schild, auf dem „Privatweg" stand, von Privatpersonen aus dem Privatghetto dort aufgestellt worden war, ohne vorher öffentlich nachzufragen. Nichts als Stress. Er startete den Motor und fuhr gemütlich nach Hause. Lächelnd ging der Fremde in der Neonjacke ein paar Straßen weiter und stieg statt des Polizisten in den dort geparkten Polizeiwagen. Tauschgeschäfte funktionierten eben doch. Das wusste man auf dem Mars und der Vega nur noch nicht. Er grinste. „Sooooo priiiivaaaat.", stöhnte er, und leckte das Lenkrad ab. Mit Gedudel, Gebimmel und schnarrenden Stimmen gingen mehrere Funkapps in dem Polizeiwagen los. Mit ohrenbetäubendem Sirenenklang startete das Blaulicht auf dem Dach.

„Die Herrschenden wechseln, die Polizei bleibt!"

Nada aus „Der Belagerungszustand" von Albert Camus

Man sieht sich (immer wieder)
Ein Morgen in Ozeanien mit geringer Störungsfrequenz

Ein dystopischer Utopismusroman in einem Jahrum

Eines Morgens wachte Winston Smith in seinem komfortablen Loft in Lindon, der Hauptstadt von Ozeanien, auf. Er vergewisserte sich auf der Wetterapp seines Intelligentphones, dass „wir" 98 Grad Celsius hatten, es also ein schöner Sommertag war. Außerdem guckte er noch mit einem zwanghaften Zucken seiner Augen und seiner Gesichtsmuskulatur auf das Jahrum an der Zeitleiste seines Ich-Phones, das ihm die Gewissheit vermittelte, vorhanden zu sein. Seit wissenschaftlich erwiesen war, dass es kein „Ich" gab, tat diese Erfindung den Bewohnern von Ozeanien gute Dienste. Vor dreimal 1984 hatten sie das Datum durch das Jahrum ersetzt. Das machte vieles einfacher, sparte die bislang drei Tage auf einen Tag zusammen, der nun jeden Tag als ganzes Jahr stattfand und an dem immer gearbeitet wurde, und so ging „das Jahr auch schnellrum", wie es auf Neusprech hieß, dem zu Hause im Unprivatraum angewandten Slang der Angestellten, wie Angeschmierte seit fünfmal 1984 hießen. Unglaublich, wie rückschrittig und unwissenschaftlich doch die Zeiten gewesen waren, in denen es noch dreihundertfünfundsechzig Tage gegeben hatte.

Winstons Intelligentphone war genauso intelligent wie er, und sagte ihm immer seine eigene Meinung. Er hielt nichts von Leuten, die ein Smartphone hatten, denn das war flach, und sagte seinen Besitzern immer alle anderen Meinungen. Und dann kauften sie sich kleine Autos, anstatt wie er, auf einem Flatboard 10 Meter über der Erde schwebend zur Arbeit zu fahren. Damit verseuchte er weder die Umwelt, noch seine eigenen Schwarzlackschuhe, wie Füße seit fünfundzwanzigmal 1984 hießen. Zwar hatte er permanent das Gefühl, dass sich in seinen Schwarzlackschuhen zwei Gurunkel (der seit achtmal viermal 1984 eingeführte Euphemismus für „Furunkel") ausgebildet hatten, die ständig schwitzendes Sekret produzierten, aber das behielt er lieber für sich.

Motiviert betrat er seinen Balkon. Das durfte man, und man durfte sich auch gut dabei fühlen. Das „Voll" vor „Motiviert" hatte das Ministerium für Fülle vor zweimal 1984 abgeschafft, seit dem Mann auf dem Plakat aufgefallen war, dass es die Leute erst überspannt, dann überdreht und dann „gefährlich" machte, wie „revolutionär" seit achthundertmilliardenmal 1984 auf Neusprech hieß. Das Ministerium für Fülle war danach aus Sicherheitsgründen in „Ministerium für Wenigkeit", kurz „Miniweh" umbenannt worden. „Man" (wie „wir" in manchen internen Kreisen hieß), hatte dann auch weniger Schmerzen. Seit Winston sich in alles gefügt hatte, und zusammen mit Alex A. Alexander und Belex B. Belexander in der schönen, neuen Firma von Christopher Nobody arbeitete, in der das Ce-No Phänomen – auf Neusprech kurz „Sayno" - untersucht wurde, um neu aufkommende „Gefährlichkeiten" sofort verhindern zu können, ging es ihm wirklich gut.

Mit maschinell rasselnden, aber sehr unaufdringlichen Geräuschen, - wie „Atmen" seit fünfmal 1984 hieß- sog er auf seinem Balkon das frische Ozon – wie „Sauerstoff" seit mehrmals mal vielmal 1984 hieß- ein, das irgendwann von der Regierung durch ein Loch in der Erdatmosphäre aus dem Weltall heruntergeholt worden war, um den Flavourduft der E-Zigaretten großflächig ersetzen zu können, und für die Bürger von Ozeanien eine Steuerentlastung herbeiführen zu können. Winston schaltete sein Intelligentphone auf „Labern", wie „lockerer Smalltalk" auf Relaxsprech hieß, seit die Regierung die Mitmenschen – auf Neusprech „Arbeitsverhinderungstörfälle"- abgeschafft hatte, und laberte frei von der Leber weg mit überhauptkeinem, wie überhauptniemand seit fünf Arbeitseinheiten hieß, damit „er" ihn nicht etwa an seinen Chef erinnerte.

Plötzlich trat etwas in Winstons Gesichtsfeld, was seinen Augapfel – wie die runde Tatsache unter der Internetzverarbeitungshaut seit der Nachreligösisierung vor siebenmal 1984 wieder hieß, weil sich das Wort „Rundkörper unter der Arbeitsoberfläche" nicht durgesetzt hatte- extrem störte. Es war ein ungepflegt aussehender Mann in zerschlissenen Klamotten, der völlig ungeniert sein Flüssigkeitsregulierungsventil – wie „Penis" seit der --- hieß, wie die unaussprechliche Schweigsamkeitsrunterrevolte von --- seit --- hieß, (was den einzigen erkennbaren Systemfehler in 1984 darstellte, aber darüber schwieg „man" um „wir" nicht zu verunsichern)- rausholte, und ekligen gelben Saft, wie das Sekret der Ekelfrucht – vor dreieinhalb Schweigeeinheiten noch „Orange" genannt- über das gesamte Saluatienbeet vor Winstons Haus verteilte. Winston stöhnte genervt, was ein Gefühl ergab, das er lange nicht mehr empfunden hatte, und das ihn sehr irritierte. Er betrachtete den Mann vor seinem Balkon. Es musste sich hierbei um Peter Pisse handeln, wie alle Obdachlosen und Stadtstreicher seit zehnmal 1984 kollektiv hießen, damit man sie leichter wegscheuchen konnte. Nämlich mit einem simplen, kurzen „Piss off, Peter!", auf das die Stadtstreicher konditioniert waren. „Piss off, Peter!" rief Winston mit seiner „Wut"-Modulation vom Balkon. Doch der ungepflegt aussehende Mann sah nur fröhlich zu ihm hinauf, lachte und sagte: „Ich bin nicht Peter Pisse. Ich bin Aldous Huxley. Das LSD wirkt noch.". Mit einem nachgiebigen Geräusch kippte Winston Smith von seinem Balkon.

Schönheit mit Smartphone
auf der Bank hinter dem Plattenbau
(Privatprostitution)

Hinter der Biegung liegt das Haus,
wo sie die Wege schleichen,
und drinnen sind nur Leichen,
und geh'n nur selten raus.

Und dort regiert
das Fräulein Redundanz
in einem Erntekranz,
man fickt sie dort zu viert.

Und draußen schleicht ein Ire,
trauernd um die Tochter,
durch diese Stadt, an Türen pocht er,
die Menschen in den Straßen sind wie Tiere.

Wir schütten uns das Herz aus an Garagen,
wir kennen uns, und ringen um die Worte,
die mehr aussagen als die Erdbeertorte,
er lächelt Autos weg, so wie Staffagen.

Sein Haus, es hat gebrannt, geraucht,
der Mob davor, er hat gefaucht,
geschrie'n: „Du hast sie selbst missbraucht!
Du pädophiles Schwein!"

Und hinterm Haus: ein Mädchen vor der Kita,
dem Ort der Kindheit ohne die Maneater,
sie spielt verkrampft am Smartphone Dolce Vita,
während ihr Mörder jeder könnte sein.

Was der Papa von heute seiner Tochter vorm Einschlafen erzählt
(„Schlaflied" für die Generation Z)

Wenn der Krieg vorm Fenster steht,
und draußen nach dir wütet,
dann lasse stets ein Fenster auf,
sonst wirst du ausgebrütet.

Sonst wirst du zu schnell flügge,
und es kommt der böse Mann,
der schleppt dich dann so eins, zwei, drei
zum Babystrich sodann.

Doch wenn du zu lang wartest,
und noch morgen bei uns bist,
dann kommt der Messermörder,
und der Werwolf, der dich frisst.

Hörst du ihn an der Ecke schon?
Das ist der Brain Bell Jangler.
Und wenn er läutet, kommt ganz schnell
auch noch der Midnight Rambler.

Angelehnt an Songs wie „Midnight Rambler" und „Night Prowler". Und selbstverständlich auch an das berühmte „Schlaflied" von den Ärzten.

Die dunkelste Stunde

Der Mörder erwachte vor Sonnenaufgang. Er erwachte jäh aus einem schrecklichen Albdruck. Er schoss kerzengerade im Bett auf, den Mund zu einem Schrei geöffnet, der jedoch nicht über seine Lippen kam. Er fuhr sich mit beiden Händen über das Gesicht. Es war schweißnass. Seine Hände verweilten bei seiner Stirn, hinter der beißende Kopfschmerzen pochten. Er konnte nicht fliehen, weder bei Tag, noch bei Nacht; weder im Wachen, noch im Schlaf. Immer sah er sie vor sich. Leichen. Zerrissene, zerfetzte, im Blutrausch hingemetzelte Leichen. Und wenn er sie vor sich sah, spürte er die Wonne, die Lust, zerstört zu haben, Leben vernichtet zu haben und zugleich spürte er den Ekel vor sich selbst, besonders vor der Tatsache, dass er diese Lust am Genital spürte, dort, wo man für gewöhnlich sexuelle Empfindungen hat. Erregte ihn das Morden, als wäre es Sex? Sex, der ihm fehlte, den er entbehrte? Denn er war immer noch Jungfrau. Eine männliche Jungfrau von fünfunddreißig Jahren.

Der Mörder wälzte sich aus dem Bett, einem etwas schäbigen Hotelbett und zog die Nachttischschublade auf. Er nahm eine Packung Diazepam heraus und wog sie in seiner Hand. Sollte er eine Tablette nehmen, die seinen Kopf mit süßlichem Nebel füllen und ihn vielleicht von diesen schrecklichen Bildern befreien würde? Nein, keine Tablette. Heute Nacht musste er einen kühlen, wachen Kopf behalten. Denn heute war die Nacht, in der er sich endgültig von diesem Albtraum befreien würde.

Der Mörder stand auf. Er ging zum Fenster und zog die Gardine beiseite. Das Fenster wies auf eine Gasse mit Kopfsteinpflaster und eine Neonreklame vom gegenüberliegenden Gebäude fiel violett auf- und abblendend in sein Gesicht. Das gegenüberliegende Gebäude war ein Bordell. Als sein Vater das gesehen hatte, hatte er gesagt: „Sohn, Sohn, in welcher Gegend hast du uns denn hier untergebracht!" Ja, ja, sein Vater war ein ehrbarer Bürger, oder besser Kleinbürger. Dem war die Halbwelt suspekt. Aber der Mörder hatte gewusst, was er tat, als er für sich und seinen Vater hier zwei Zimmer bestellte. Er wollte sich jeden Zoll seines Scheiterns hier noch einmal vergegenwärtigen, damit ihm das, was zu tun war, leichter fiel.

Seine Mutter. Seine Mutter war eine ehrbare Frau gewesen. Immer bedacht, ihren Haushalt und das Ansehen ihrer kleinen Familie rein zu erhalten. Porentief rein. Seine Freunde hatten bei Besuchen immer gesagt: „Hier sieht's ja aus wie im Möbelhaus!" Ihm war das peinlich gewesen. Ständig war seine Mutter mit dem Staubtuch zur Stelle und putzte hinter ihm und seinem Vater her, wischte Tische und Schränke mit Desinfektionsmittel ab, nahm jedes Buch, und jeden Gegenstand, der herumlag, sofort auf und stellte ihn an seinen Platz. Außerdem musste immer alles streng symmetrisch angeordnet sein. Veränderte man die Symmetrie, bekam seine Mutter einen Schreikrampf. Und eben so sauber, wie sie ihre Wohnung hielt, hielt sie auch die bürgerliche Fassade ihrer Familie. Den alkoholkranken Onkel, die schizophrene Cousine gab es nicht. Es wurde einfach nicht über sie gesprochen. Sie verheimlichte auch vor ihren Verwandten und Bekannten, dass ihr Sohn ein Chaot, ein Mensch mit ausgeprägtem Hang zur Unordnung war und zudem noch manchmal die Schule schwänzte. Als der Mörder einmal ein Mädchen mit nach Hause gebracht hatte, war sie immer wieder in sein Zimmer gekommen, unter dem Vorwand, etwas zu suchen. Irgendwann war das Mädchen entnervt gegangen. Seine Mutter hatte den Mörder an ihren Busen gedrückt und gesagt: „Nicht wahr, für die Sache mit den Mädchen ist es bei dir noch viel zu früh!"

Aber all das spielte nun keine Rolle mehr, denn er hatte sich seiner Mutter entledigt. Sauber, und ohne Blut zu vergießen.

Blieb sein Vater.

Sein Vater war stets zu weich gewesen, um seiner Frau Stand zu halten. Er war ein guter Mensch, der gerne Konflikten aus dem Weg ging. Er ordnete sich und seine Träume komplett den bürgerlichen Vorstellungen seiner Frau unter. Dem Mörder hatte er in einer stillen Stunde erzählt, dass er als junger Mann in einer Laientheatergruppe gewesen war, und wie gerne er diesen Weg weiter verfolgt hätte. „Aber deine Mutter hatte schon ganz recht. Schauspiel ist brotlose Kunst!" Dachdecker war sein Vater geworden, denn Proletarier sind unverdächtig. Unverdächtig, brodelnde Gefühle und große Leidenschaften in ihrer Brust zu hegen. Im Keller hatte sein Vater eine Modelleisenbahn gehabt, die er immer nach Feierabend aufsuchte. Sie fuhr durch eine Berglandschaft, auf die er die Buchstaben HOLLYWOOD montiert hatte. Der Mörder hatte eine stille Bewunderung für die Modelleisenbahn seines Vaters gehabt, denn sie gab ihm etwas Autonomes. Irgendwann wurde es Mutter aber zu bunt, dass Vater jeden Abend stundenlang in den Keller verschwand, und sie legte seine ‚Spielzeit' auf eine halbe Stunde pro Abend fest. Vater folgte ohne Murren. Eines Abends gab es wegen der Anlage einen handfesten Streit. Mutter hatte den Schriftzug ‚HOLLYWOOD' entfernt und weggeschmissen. Vater protestierte. Der Mörder hörte, wie Mutter den Vater im Keller in Grund und Boden schrie. Dann kam sie alleine wieder nach oben, ging ins Schlafzimmer und knallte die Tür hinter sich zu. Unbemerkt schlich sich der Mörder in den Keller. Sein Vater saß über der Modelleisenbahnanlage und schluchzte. Kurz hatte der Mörder den Impuls, zu ihm zu gehen und den Arm um ihn zu legen, aber dann war eine namenlose Verachtung wie ein brennendes Gift in ihm aufgestiegen, ein Ekel vor der Schwachheit seines Vaters, und er war leise wieder die Treppe hochgeschlichen.

Die Modelleisenbahn verschwand aus dem Keller und Vater saß nun jeden Abend bei Mutter auf dem Sofa, schaute sich mit ihr irgendeine Volksmusiksendung an und schwieg. Sein Schweigen wurde von Jahr zu Jahr mehr, man konnte sagen, er verstummte. Und in dem Mörder wuchs die Verachtung für seinen Vater. Zumal er merkte, dass sich dessen Schwachheit wie ein tückischer Virus auf ihn vererbt hatte. Aber er hatte zu dieser Schwachheit noch etwas anderes. Eine ungezügelte Leidenschaft und den brennenden Wunsch, Künstler zu werden.

Mutter münzte die Wünsche ihres Sohnes natürlich gleich ins Bürgerliche um. Als er ihr kundtat, Schriftsteller werden zu wollen, sah sie ihn prüfend über den Rand ihrer Brille an und sagte: „Aha, du interessierst dich für Bücher? Du wirst Buchhändler!" Der Mörder maulte innerlich, fing aber dennoch eine Buchhändlerlehre an. In der Buchhandlung stellte er sich denkbar ungeschickt an, es erwies sich, dass er keinerlei Geschäftssinn hatte und zudem die Kunden durch sein mürrisches Aussehen und gereiztes Auftreten vergraulte. Als er einmal versehentlich einen Ständer mit Postkarten umstieß, hatte der

Buchhändler dies zum Anlass genommen, ihm zwanzig Euro in die Hand zu drücken und seine Lehre für beendet zu erklären. Der Mörder verließ stoisch das Geschäft. Es war ihm schleierhaft, warum er gescheitert war.

In der darauffolgenden Nacht war der erste Mord zu ihm gekommen. Er ging wie gewohnt zur Arbeit, grüßte seinen Chef und seine Mitangestellten und begann die Arbeit. Dankenswerter Weise bestellte ihn der Chef bald in sein Büro. Der Mörder setzte sich ihm gegenüber. „Sehen sie, Herr M.", begann sein Chef, „Einige Kunden haben sich über die Dali – Bildbände beschwert, die hätten so scharfe Seiten, dass man sich daran die Finger blutig schneidet." „Ach ja", fragte der Mörder interessiert. „Geben sie mir doch einmal so ein Buch!" Der Buchhändler griff hinter sich und holte einen prachtvollen, großformatigen Dali-Band hinter seinem Rücken hervor. Der Mörder nahm ihn zur Hand und blätterte darin. Plötzlich merkte er einen stechenden Schmerz an seinem Daumen. Er hatte sich tatsächlich geschnitten. Vor sich hin sinnend ließ er das Blut auf die Seiten des Buches tropfen, die sich langsam rot einfärbten. Der Anblick des Blutes berauschte den Mörder. Er empfand ein lustvolles Brennen in seiner Brust, das in den Bauch wanderte und schließlich zwischen seinen Lenden anlangte. Er spürte, wie sich sein Genital aufrichtete. Und da wusste er endlich, was seine Bestimmung war. „Was machen sie da?", rief der Buchhändler mit spitzer, pikierter Stimme: „Sie ruinieren eines unserer teuersten Bücher!" Der Mörder grinste: „Chef, dieses Buch ist für den Verkauf völlig ungeeignet. Dieses Buch ist lebensgefährlich." „Reden sie keinen Unsinn, M.", fiepste der Chef. „Das ist kein Unsinn", sagte der Mörder ruhig, riss eine Seite aus dem Dali-Band und schnitt mit der scharfen Kante den Hals seines Chefs durch, bis zur Wirbelsäule. Der Kopf des Buchhändlers klappte zur Seite und Blut sprudelte aus seinem Hals auf den Schreibtisch. „Nun ja", grinste der Mörder. „Dann wollen wir mal nicht so sein." Mit einer erstaunlich geübten Handbewegung riss er den Kopf des Buchhändlers ab und warf ihn in einen Papierkorb. Dann packte er den zusammensackenden Körper bei den Beinen und verteilte das aus dem Hals laufende Blut im ganzen Büro. Der Mörder befühlte seine Hose. Sie war feucht. Dies war sein erster Mord gewesen.

Der Mörder wischte sich über die Augen, in die immer noch die violette Neonreklame des Bordells fiel. Jetzt war keine Zeit, in Erinnerungen zu schwelgen, denn es waren mit den Jahren viele Morde geworden. Und er ekelte sich vor sich selbst. Er hatte alle Menschen umgebracht, die ihm irgendwie in den Weg gekommen waren. Chefs, Nachbarn, Lehrer, sogenannte Freunde, die ihn hintergangen hatten, und man war ihm nie auf die Schliche gekommen. Er widerte sich selber an. Er war pervers, verrückt. Und er war genau so ein Versager wie sein Vater. Denn er wusste mit dem Brennen in seiner Brust, mit dem Wunsch, Künstler zu sein, nichts anzufangen, als ein kunst-und phantasievoller Mörder zu sein. Er musste es diese Nacht tun. Die Ursache seines Versagens endgültig ausradieren. Seinen Vater. Er spürte ein Würgen im Hals und eine plötzliche Übelkeit im Magen. Woher kam das? Er war doch ein routinierter Mörder. Aber dieser eine Mord, der an seinem Erzeuger, war schwieriger zu bewerkstelligen als alle anderen. Es war Sympathie, die er für seinen Vater plötzlich spürte. Mitleid. Vielleicht sogar Liebe? Nein! Er musste diese Emotionen niederkämpfen! Er musste es heute Nacht tun, seinen letzten, den endgültigen Mord begehen. Er musste irgendeine Erinnerung finden, die diesen Mord rechtfertigen würde.

Svetlana. Dieses schöne Mädchen mit den nussbraunen Haaren und dem weichen russischen Akzent. Er hatte sie nicht töten wollen. Er hatte sie geliebt. Sie war Straßenhure gewesen, und sie stand immer in der Nähe des Krankenhauses, wo er damals arbeitete, als Hilfskrankenpfleger, als könne er sich mit seiner weißen Arbeitskleidung und mit der Tatsache, dass er hier Menschen half, von seiner Perversion reinwaschen. Stets hatte er sie auf dem Nachhauseweg an der Straßenecke stehen sehen. In ihren Augen leuchtete ein trauriges Feuer. Eine ähnliche Leidenschaft, die auch er teilte, musste in ihr wohnen. Wann immer er in ihre Augen sah, sah er auf den Grund ihrer Seele. Er verliebte sich Hals über Kopf in dieses schöne Mädchen, sie rührte ihn tief, und er beschloss, ihr zu helfen, sie zu befreien aus dem Milieu, in dem sie steckte.

Und so war er eines Tages mit ihr mitgegangen auf ein schäbiges Zimmer, wo sich ein Bett unter einer roten Glühbirne befand. Sie stand ihm gegenüber, zog ihren Overall und ihre Stiefel aus. Der

Mörder starrte auf ihre schwarzen Strumpfbänder. „Ich heiße Svetlana.", sagte das Mädchen forsch. Sie mochte neunzehn oder zwanzig sein. ‚Svetlana' – das war also der Name seiner Angebeteten! „Du hast wohl noch nie `ne nackte Frau gesehen!", stellte Svetlana autoritär fest. „Und bei einer von uns auf dem Zimmer warst du wohl auch noch nie!" Der Mörder schaute verschämt zu Boden. Der ruppige Ton seines wunderbaren Mädchens wurmte ihn. „Also!", sagte Svetlana, „Was willst du machen?" Eigentlich hatte der Mörder rufen wollen: ‚Dich aus diesem Sumpf befreien, mit dir fliehen bis ans Ende der Welt und für immer mit dir glücklich sein!' Aber er stockte und würgte ein „Mit dir schlafen!", hervor. Svetlana sah ihm unverwandt in die Augen. „Ficken heißt das bei uns! Also du willst ficken! Das ist teuer. Kostet zweihundert Euro. Blasen ist billiger – hundert Euro. Und das billigste ist wichsen, das kostet dich nur fünfzig Euro." „Na dann…wi…wichsen!", stammelte der Mörder. Dieses Wort auszusprechen, machte ihm zu schaffen, seine Erziehung verbot ihm eine solche Sprache streng. Svetlana hielt fordernd die Hand hin. Der Mörder kramte in seiner Manteltasche und holte sein Portemonnaie hervor. Umständlich entnahm er ihm fünfzig Euro und gab sie Svetlana. Diese steckte sie in ihre Matratze. „Okay, leg dich aufs Bett!", sagte sie mit einem unwillkürlichen Gähnen. Zögernd warf der Mörder seinen Mantel in die Ecke und tat, wie ihm geheißen. Svetlana kniete sich breitbeinig vor ihn und knöpfte seine Hose auf. Langsam begann sie, sein Genital zu massieren. Der Mörder zitterte. Was tat er hier? „Musst doch nicht zittern!", grummelte Svetlana, „Ich fress dich ja nicht auf!" Der Mörder schloss die Augen und ergab sich in sein Schicksal. Ein toller Retter war er! Nach dieser Nummer würde er bei seinem Mädchen für immer unten durch sein. Aber er beschloss seufzend, die Tatsache, dass sie ihn befriedigte, wenigstens zu genießen. Sie massierte unaufhörlich sein Genital, aber es wollte ihrer Hand nicht zu Willen sein, es blieb schlaff und kraftlos. „Ach was?", grunzte Svetlana gereizt, „Auch noch impotent, was? Da schrubb ich und schrubb ich und was macht dein kleiner Willi? Nüscht! Garnüscht! Bleibt klein und schrumpelig!" „Ja", murmelte der Mörder kleinlaut, „Es hat wohl keinen Sinn!" Svetlana sprang vom Bett, stellte sich am Kopfende auf und keifte: „Dann verschwinde, du Milchbubi! Geh doch zu Mami!" Der Mörder zog sich wortlos an und verließ

Svetlanas Etablissement. Tief im Innern fühlte er das Scheitern, fühlte er, dass er seines Vaters Sohn war.

In der darauffolgenden Nacht kam wieder ein Mord zu ihm. Er ging abermals nach dem Dienst zu der Straße, wo Svetlana stand und überredete sie, es noch einmal mit ihm zu versuchen. Als sie wieder in Svetlanas Zimmer unter der roten Lampe standen, sagte er zu ihr: „Weißt du, warum das gestern nicht geklappt hat, das ist weil…ich steh auf Fesselspiele!" „Du willst, dass ich dich fessel?", fragte Svetlana. „Nein!", antwortete der Mörder auftrumpfend, „Ich will dich fesseln!" „Okay!", raunzte Svetlana, „Aber das kostet extra. Dreihundert Euro mindestens." „Kein Problem". Mit einer souveränen Geste holte der Mörder das Portemonnaie hervor und drückte Svetlana das geforderte Geld in die Hand. Sie ging zum Bett und steckte es in die Matratze. Dann holte sie Handschellen hervor. „Hier ist der Schlüssel. Merk dir bloß, wo du ihn hintust!" Der Mörder fesselte Svetlana mit den Handschellen an einen Bettpfosten. Dann zog er ihr eines ihrer Strumpfbänder aus und leckte über ihr Bein. „Naaa?" lachte Svetlana, „Bist ja ein ganz Böser, mh?" „Ja"; sagte der Mörder mit genüsslicher Stimme, „Ich bin ein ganz Böser." Langsam schlang er Svetlana das Strumpfband um den Hals und zog es zu. „He, was machst du da!?", krächzte die Hure, „Du erwürgst mich ja!" „Ja, exakt das tue ich!", entgegnete der Mörder mit einem sardonischen Grinsen. „Neeiin!", krächzte Svetlana. „Ach ich weiß, kostet extra! Okay, sollst noch zwanzig Euro fürs Erwürgen kriegen!" Mit diesen Worten zog der Mörder das Strumpfband unbarmherzig zu, bis Svetlanas Körper in Erstickungskrämpfen zuckte. Laut lachend hielt er sie noch eine Weile so fest, um sich die irre Angst in ihren flatternden Augen anzuschauen, und als er sah, dass sie nicht starb, schmetterte er sie auf die harte Kante ihres Bettes, dass ihr Rückgrad brach. Sie sackte zusammen, und fiel halb neben das Bett, gehalten nur von der Handschelle. Kein Atem drang mehr aus ihr. Das Lachen des Mörders erfüllte dumpf triumphal den Raum. Noch einmal trat er voller Hass gegen die Leiche und ein letztes Rinnsal Mundspeichel, der schon keine Blasen mehr warf, floss aus dem zur Seite wegknickenden Kopf. Steif aufgerichtet spürte der Mörder sein Genital in der Hose. Mit einer nachlässigen Handbewegung holte noch einmal sein Portemonnaie hervor und steckte zwanzig Euro in die Matratze. „Geschäft ist Geschäft!", rief er unter hysterischem Lachen und verließ Svetlanas Zimmer.

Der Mörder sah hinüber auf die Neonreklame. Nicht umsonst hatte er sich und seinen Vater neben einem Bordell einquartiert. Die Erinnerung an sein Versagen bei Svetlana würde ihm helfen, den Mord an seinem Vater durchzustehen. Es war ihre erste gemeinsame Reise, nachdem er seinen Job im Krankenhaus verloren hatte, und seitdem, ja, seitdem Mutter verschwunden war. Die Beseitigung seiner Mutter war seine bisher perfideste Tat gewesen. Eines Tages hatte der Mörder herausgefunden, dass sich sein Vater manchmal, anstatt zur Arbeit zu gehen, mit Fräulein Sonntag traf, einer entfernten Bekannten der Familie. Zwischen ihnen war wohl nichts Ernstes, aber der Mörder kannte ja die hysterische Art seiner Mutter. Es würde genügen, wenn sie die beiden zusammen sah. Und so arrangierte der Mörder es, dass seine Mutter ihn von der Arbeit abholen kam. Sie schlenderten durch die Stadt und kamen wie zufällig bei dem Eiscafe vorbei, in dem sein Vater und Fräulein Sonntag immer um diese Zeit saßen. Und richtig, auch heute waren sie dort. Und der Plan des Mörders ging auf. Seine Mutter schimpfte und fluchte, haute seinen Vater mit ihrem Regenschirm und schlug Fräulein Sonntag in die Flucht. Zu Hause rannte Mutter ins Schlafzimmer, knallte die Tür hinter sich zu und schloss von innen ab. Vater schlief auf dem Sofa im Wohnzimmer. Über Mutters Verhalten verlor er wie üblich kein Wort. Am nächsten Morgen verließ Mutter mit zwei Koffern das Haus und verschwand auf Nimmerwiedersehen aus ihrer beider Leben. Warum tauchte sie nie wieder auf?

Der Mörder zuckte die Achseln. Er wusste es nicht. Er hatte nicht nachgeholfen. Nicht diesmal und nie. Seine Morde waren in der Nacht zu ihm gekommen, als Albdruck. In Wahrheit erfreuten sich alle seine Opfer bester Gesundheit. Der Einzige, der hier Stück für Stück starb, war er selber. Jede Nacht Visionen von zerfetzten, zerrissenen Leichen. Jeden Morgen mit feuchter Hose erwacht. Seine Leidenschaft, seine Künstlerseele zu nichts Besserem gebraucht, als sich in zwanghaften Mordphantasien zu ergehen! Er lebte fast nur noch in seinen blutigen Träumen. Seine Realität verdämmerte zwischen den Tagen. Und was war seine Realität? Immer war er gescheitert. Ob als Buchhändler, Praktikant einer Lokalzeitung oder Hilfskrankenpfleger. Er hatte mit fünfunddreissig immer noch mit keiner Frau geschlafen und lebte bei seinem Vater, der fast verstummt war und dessen Scheitern er sich immer viel zu bewusst war.

Der Mörder betrachtete die Diazepamschachtel in der aufgezogenen Nachttischschublade. „Das muss ein Ende haben!", murmelte er mit trockenen Lippen. Er würde heute im Morgengrauen seinen ersten und einzigen Mord begehen und sich endlich von jenem entsetzlichen Albdruck befreien. Danach mochte geschehen, was wolle. Mochte er untergehen, wie es ihm bestimmt schien. Mochte er ins Gefängnis wandern, es war ihm gleichgültig. Hauptsache, die Ursache allen Übels, sein Vater, war vernichtet! Oh, er hatte es satt, zuzusehen, wie dem Alten das Leben aus der Hand glitt. Und er hatte es satt, zuzusehen, wie es ihm genauso ging!

Der Mörder griff weiter hinten in die geöffnete Schublade und holte ein langes Küchenmesser hervor. Damit würde er es tun. Der Mörder schwitzte. Sein ganzes Nachthemd war klitschnass. Er musste es hinter sich bringen, bevor er wieder zu zweifeln begann. Fest schloss sich seine Hand um den Knauf des Messers. Langsam stand er auf, ging aus dem Hotelzimmer und zog die Türe hinter sich zu. Im Flur war es dunkel. Der samtene Teppichboden schluckte seine Schritte. Sehr gut. Dennoch hörte der Mörder etwas. Es war sein Herz, das er hörte. Er hörte es mit markerschütternder Wucht in seiner Brust klopfen. Jetzt hatte er die Zimmertür seines Vaters erreicht. „Father…", murmelte er, „I want to kill you…". Dann betrat er das Zimmer.

Die Gardinen seines Vaters waren offen, der Mörder konnte einen schmalen Silberstreif am Horizont erkennen. Es war Zeit, zu handeln. Sein Vater lag auf dem Rücken, halb bedeckt von seiner Decke und atmete regelmäßig. Seine rechte Hand lag auf seiner Brust. „Wie friedlich er aussieht.", dachte der Mörder. Doch nein, hier lag er, der Grund für sein Scheitern, er war in seiner Hand. In seiner Hand. Und dem Mörder ging auf, dass sein Vater wehrlos war, dass er ihn hier einfach abschlachten würde können. Würde er davon auch eine feuchte Hose bekommen, wie in seinen Träumen? Würde es ihn erregen, den eigenen Vater zu töten? Er sah auf das Messer in seiner Hand. Er musste es jetzt tun, sonst tat er es nie. Er peilte das Herz seines Vaters an und holte aus. Das Messer sauste herab...

Als die Sonne an diesem Morgen ihre ersten Strahlen über den Horizont schickte, fand sie einen jungen Mann vor, der weinend über seinen Vater gebeugt kniete, immer wieder über seine Brust, sein Gesicht streichelnd. Er liebte seinen Vater unendlich. Liebte diesen guten, kleinen, etwas schüchternen Mann, der immer vor seiner Frau gekuscht hatte, der seine Träume verraten hatte und alles andere als ein Vorbild in Sachen Männlichkeit gewesen war. Aber er war gut gewesen, immer. Stets loyal zu ihm gestanden, seinem Sohn. Stolz auf ihn gewesen selbst im Scheitern. Sein Herz schlug für ihn, seinen Sohn. Ja, sein Herz schlug. Immer noch. Das Messer lag weggeschleudert am Fußende des Bettes. Mochten sein Vater und er auch keine Helden sein, mochten sie auch immer wieder gescheitert sein, aber eins waren sie: Menschen. Und als solche liebenswert. Der Sohn wusste jetzt, dass er und sein Vater zusammengehörten. Und dass er nie wieder würde morden müssen, so oder so. Und als sein Vater erwachte, gingen sie zusammen frühstücken. Die Sonne hatte inzwischen eine beträchtliche Höhe erreicht...

Nachts

Der Nachtwächter schreitet alle Gassen ab mit seiner Lampe. Er hat sich oft gefragt, welche Eigenschaft er wohl der Nacht zuschreiben würde, wie er diese leeren Straßen wohl charakterisieren könnte. Manchmal hat er den Eindruck, diese Stille habe eine freie, feierliche Atmosphäre. So, als ob nun alle Last des Tages gewichen sei und eine große Klarheit und Offenheit herrsche. Besonders in sternenklaren Nächten denkt er das.

Manchmal aber erscheint ihm gerade die Nacht lastend, die Luft scheint wie verdickt, und irgendetwas, das er nicht definieren kann, beunruhigt ihn. Dann beschleunigt er seinen Schritt, dann läuft er Richtung Heimat, dann mag er nicht mehr allein sein mit der Nacht, mit dieser schrecklich leisen und eben darum lauten Nacht; nichts ist lauter als die Stille. Es sind Kräfte in der Nacht. Emissionen, die am Tage nicht geduldet werden. Die verdrängten Gefühle, Gedanken, Wünsche. Sie sind es, die die Luft verdicken. Es sind Stimmen in der Nacht. Es ist das Geflüster der Schlafenden, der Ohnmächtigen. Es ist dasjenige, was nicht gesagt werden kann, aber gesagt werden muss, wenn man nicht daran ersticken will.

In mancher Seele ist Nacht, deren Träger am Tage tadellos funktioniert. Aber im Innern treibt sie in einem kleinen Boot auf sturmgepeitschter See unter einem schwarzen Himmel. Sie flüstert hinaus in die Nacht. Die Flut hat sie mitgerissen, zu viele Dinge hat sie auf einmal gesehen, die sie überflutet haben, die ihr die Welt entzogen haben. Und das fürchtet sie: dass ihr die Welt nie mehr gehören werde, dass nie wieder freie Winde um ihr Haar spielen werden und ihre Füße unbesorgt über festen Grund gehen werden. Das fürchtet sie und müht sich ab in ihrem Boot, weiß, dass sie loslassen müsste, was sie begehrt, um es zu besitzen, aber traut sich nicht. Es könnte ja auch eine Falle sein.

Und manch eine Seele, deren Träger am Tage aktiv und wach erscheint, ist so unendlich müde und sitzt des Nachts im Weidengezweig über dem Fluss und hat Lust, sich wie Ophelia hinabsinken zu lassen und eins zu werden mit dem sanft fließenden Strom. Soviel hat sie gesehen, was ihre Augen stumpf gemacht hat, soviel erlebt, was sie verwundet hat, was ihr den Glauben an die Menschheit genommen hat. Und sie sehnt sich nach einem Ort, an dem sie sich erholen kann, an dem sie zu sich selber finden kann, und an dem sie endlich verdauen kann, was sie an Schlechtem erlebt hat. Aber den findet sie in ihrem äußeren Leben nicht, sie ist getrieben, weiterzuhasten, mehr zu verzehren, und sie driftet immer weiter von sich weg. Deswegen liebäugelt sie mit dem Tode, deswegen sitzt sie in den Zweigen und klagt, aber fallen lässt sie sich nicht, denn an sich liebt sie das Leben.

So ist die Nacht voll von Stimmen und Kräften, die der, der in ihr spazieren geht, manchmal zu spüren bekommt.

Darum läuft der Nachtwächter manchmal schneller, wenn ihm die leise Nacht zu laut wird, wenn er im trauten Heim in seinem wohligen Bett sein will.

In der Nacht, so denkt er manchmal, kehren sich die Dinge um. Was am Tage ein Rußfleck auf dem Asphalt war, ist Nachts ein metallisch-duftendes Glimmen im Mond. Was am Tage ein zerrütteter, schwarzer Schemen war, ist Nachts eine strahlende Schönheit. Was am Tage still war, ist Nachts laut. Und das leise Weinen wird ein Schrei. Dann kommt alles heraus, was am Tage drinnen ist.

Vor seinem Haus wiegt eine Reihe Birken ihre Zweige im Wind. Nachts, das weiß er, kann er an ihnen keinen Sauerstoff tanken. Denn da produzieren sie keinen. Da geben sie Kohlendioxyd ab und nehmen Sauerstoff auf. Genau umgekehrt wie am Tag.

Der Nachtwächter knipst seine Lampe aus, öffnet die Tür und betritt sein Treppenhaus. Jetzt ist die Nacht draußen. Was ist jetzt drinnen?

Larissa

Sie fühlte sich einsam in ihrer großen Wohnung, denn ihr Freund war noch nicht zurückgekommen. Er, der ihr oft Blumen brachte, er, der sie mit Kosenamen bedachte und sie fest in seine Arme schloss, wenn ihr die Tränen in den Augen standen. Er wollte nur kurz um den Block. Hatte er gesagt. Aber was, wenn er nicht zurückkäme?

Larissa zündete eine Kerze an, denn sie hatten Stromausfall. Das Licht war urplötzlich ausgegangen, nahezu im selben Moment, als sie Michaels Schritte auf dem Asphalt verhallen hörte.

Larissa…Larissa! Wir wissen, warum du Angst im Dunkeln hast! Larissa, du bist eine Sünderin!

„Seid still!" Larissa hieb den Kerzenhalter auf den Tisch. Die Flamme zitterte und erlosch. „Nein…!"

Mit unsicheren Fingern nestelte Larissa ihre Streichhölzer aus der Tasche. Sie hatte sie immer dabei. Falls… Falls das Licht ausging.

Larissa…Larissa! Du sitzt im Dunkeln. Du hast deinen Heiland verraten! Streu Mehl auf den Boden! Mehl ist weiß. Dann findest du den Weg!

Larissa zündete ein Streichholz an und brachte die Kerze wieder zum brennen. Sie zwang ihren Atem in ruhigere Bahnen, kämpfte den Klumpen Angst, der ihr im Hals saß, die Speiseröhre herunter in ihren Magen, wo sie ihn mit Säure und Liebesgewissheit würde auflösen können. Kurz bekreuzigte sie sich, ärgerte sich gleich darauf, denn ihre katholische Erziehung hatte sie gemeint, abgestreift zu haben. Michael war ein guter Mann. Inständig hoffte sie, bald wieder seine heimkehrenden Schritte auf dem Asphalt zu hören. Liebe. Sie massierte ihr Brustbein. Ja, Michael war ein guter Mann, wie oft brachte er ihr Blumen, bedachte sie mit Kosenamen, und schloss sie fest in seine Arme, wenn ihr die Tränen in den Augen standen. „Nie mehr geh ich in die Psychiatrie!" hatte sie ihm gesagt. Und durch seine gütige Liebe hatte sie durchgehalten! Larissa wurde es warm. Michael war so ein guter Mann!

Ja, Larissa, so ein guter Mann… Aber langweilig, nicht wahr? Berechenbar, immer dieselben Blumen, immer der selbe Stamm an fünf Kosenamen, immer dieselben vorhersehbaren Spiele und Berührungen unter der Bettdecke. Immer dieser enervierend gütige Gesichtsausdruck – Pfui Teufel, oder!?

Larissa spürte ein giftiges Hassgefühl gegen Michael und schämte sich. Gleichzeitig genoss sie es, denn es gab ihr Macht. Macht über den Mann, dessen enervierende Güte ihr jegliche Macht nahm, die ihren Busen bang und ihren Schoß kalt machte. Sie fühlte sich wieder am Leben, und auch die Angst, die sie oft so quälte, war nun verschwunden. Und so gab sie sich diesem Hassgefühl hin. Schlagen wollte sie ihn, wenn er sie das nächste Mal so verständnisvoll anlächelte, ja ihm die Zähne aus dem Maul schlagen, seinem widerwärtigen Fischmaul, das sie so hasste! Larissa entfuhr ein kleines, unwillkürliches Lachen. Ja, Michael hatte wirklich ein Fischmaul! Dass ihr das vorher nie aufgefallen war!

Nein! Larissa biss sich auf die Unterlippe. Das waren ja teuflische Gedanken. War wirklich sie es, die das dachte? Oder war es der Teufel, vor dem sie ihre Erzieher immer gewarnt hatten…?

Sei vorsichtig! Du bist ein Weib! Schwärmer und Weiber sind's, über die Scheitan die größte Macht hat! Bedenke: Es war ein Weib, das den Adam zur Sünde verführt hat. Das Weib hat die größere Schuld, von Alters her! Mann und Weib sollen ein Fleisch sein, Larissa! Schreib dir das hinter deine Ohren! Was Gott zusammen geführt hat, soll der Mensch nicht scheiden!

„Seid still!" Larissa hatte es geschrieen. Ihre verkrampften Hände schwitzten. Noch immer kein Licht, und vor ihr die Kerze, die wie als Antwort auf ihren Schrei wild flackerte.

Sie liebte Michael, und die hässlichen Gedanken, die sie manchmal überkamen, wollte sie wegschließen und den Schlüssel vernichten. Wo wäre sie denn heute ohne ihn? Sie wusste es! Immer noch in der Psychiatrie, wahrscheinlich längst bar jeglichen Verstandes. Larissa schloss die Augen und versuchte sich Michaels Gesicht vorzustellen,

versuchte seine Arme um ihren Körper zu spüren, den Halt den er
ihr gab…

Langweilig ist er… Immer nur gut, immer nur verständnisvoll! Kann
nie mal auf den Tisch hauen! Du kannst ihn ja provozieren, wie du
willst, immer bleibt er geduldig! Neulich, als ihr spazieren gingt, hast
du ihm gedroht, den nächstbesten Mann einfach zu küssen. Und er
hat nur gelacht! „Mach doch", hat er gesagt, „Ich bin nicht
eifersüchtig!" Da hast du einen ölverschmierten Handwerker auf der
Straße angehalten und ihn aufgefordert, dich zu küssen. „Mach
schon!", hast du gesagt, „Mein Freund hat nichts dagegen!" Michael
hat neben dir gestanden und dem Handwerker freundlich ins Gesicht
gesehen. Dieser hatte verschämt zu Boden geblickt und war weiter
gegangen! Und du, Larissa, du hättest zerspringen können vor Wut,
vor Wut über Michaels Güte, mit der er alles und jeden bezwingen
kann!!

Larissa ballte die Fäuste. Sie wollte diese Wut nicht spüren, diese
Gedanken nicht denken. Sie musste sich in Michaels und ihr heiles
Nest träumen, denn das war ihre einzige Chance, zu entkommen!
Aber…wollte sie denn überhaupt entkommen? Wollte sie länger
gegen diese Stimmen ankämpfen, die sie doch jedesmal besiegten und
sie übermannten, bis Michaels Arme sie wieder zurückholten in die
Wirklichkeit!? Oh, wie abhängig sie von diesen Armen war! Wie diese
Arme sie fesselten, ihr jegliche Freiheit nahmen, ihr die Luft
abschnürten! Wann immer sie den Hass und die bösen Gedanken
gegen Michael zugelassen hatte, hatte sie sich mächtig gefühlt, eine
böse Macht, eine Macht, die das Feuer in ihrem Schoß entfachte!
Was, wenn sie sich hingab…?

Bravo, Larissa! Gutes, böses Mädchen! Wehr dich nicht mehr länger.
Denn du bist böse. So wie man dir immer gesagt hat. So, wie du es
schon immer gewusst hast! Du kannst nur frei sein, wenn du diese
Macht zulässt und die Fesseln dieses widerlichen Schlappschwanzes
Michael zerschlägst! Dann wirst du auch diese dumme Angst
verlieren! Werde eins mit dem, was du bekämpfst, und du bist frei!

Kurz stockte Larissa, wollte sich abermals wehren, die Stimmen verscheuchen, an Michael denken, doch dann wischte sie dieses Widerstreben mit einer abfälligen Geste vom Tisch.

Jaa, Larissa, wir wissen, dass du schon lang an andere Männer denkst! In Gedanken hast du Michael schon unzählige Male betrogen. Mit dem rauen Handwerker, der dich im Bett grob anfasste, mit dem scheuen Knaben, dem du die Flötentöne beibrachtest, mit dem fuchsgesichtigen Künstler, der etwas Schmieriges an sich hatte, dessen kundige Hände dir aber den Atem raubten, dessen strammes Glied dich bis in die höchsten Höhen brachte? Sie alle hast du genossen, aber nur in Gedanken! Warum, Larissa!? Du bist doch eine schöne Frau! Du könntest mehr haben als den Blümchensex mit deinem heiligen Erzengel Michael!

Larissa streifte mit unruhigen Händen ihren Rock herunter und ließ ihn unter den Stuhl fallen. Sie spürte ihr Herz dumpf klopfen, in ihrem Hals bildete sich ein Klumpen. Langsam fuhr sie mit ihrer Hand über ihr Höschen, auf dem sie schon einen feuchten Film spürte. Sie zitterte vor Erregung.

Tu's nicht, Larissa, geh diesen Schritt nicht! Wenn du über diese Schwelle gehst, gibt es kein Zurück!

Larissa verzog ihren Mund zu einer bösen Grimasse! Welche kastrierten Engel wagten hier zu sprechen? Hier am Tor zu Luzifers Reich, am Tor zur Heimat, am Vorhof zur Macht!

Larissa überschritt die Schwelle.

Langsam glitt ihre Hand in ihr Höschen und berührte ihre Scham. Mit einem Seufzer der Wollust ergab sie sich der Nacht und ermordete Michael.

Das war das erste, was sie tat. Sie tat es kurz und schmerzlos, mit einer Haarnadel. Mitten ins Herz. Michael machte sein gütiges Gesicht, wie immer. Sie spuckte ihm ins Gesicht! Nein, so einen schnellen Tod wollte sie ihm doch nicht gönnen! Sie wollte ihn noch ein wenig demütigen für all die Jahre der Unterdrückung! Sie trat ihn unter ihre Füße, weich spürte sie sein Gesicht, seine freundlichen Züge unter ihren harten Schuhen. „Und jetzt schau zu, wie ich masturbiere, du Versager! Ich ficke jeden Mann, den ich will und das tue ich hier vor deinen Augen!" Die Tür ging. Drei Gestalten traten ein. Als erstes mit strammem Schritt der ölverschmierte Handwerker, als zweites mit aalglattem Samtfuß der fuchsgesichtige Künstler und als drittes, kaum den Mut aufbringend, näherzukommen, der scheue Knabe.

Larissa winkte sie zu sich heran. „Kommt ruhig her. Meinem Freund macht es nichts aus. Ihm ist eh immer alles egal. Kommt her und besorgt's mir, ihr Drecksäue!" Bei dem Wort „Drecksäue!", spürte Larissa eine wilde, geile Flamme in ihrem Herzen auflodern. So hatte sie immer sein wollen, das war sie, jetzt war sie frei! Sie lachte böse auf und gab Michael einen Tritt unterm Tisch. Dann ließ sie sich in die Hände der drei Fremden gleiten, die sie gänzlich auszogen, sie schamlos liebkosten und zu wilden Spielen auf dem Fußboden hinrissen.

Larissa warf die Arme gen Himmel! Endlich frei! Die Nacht war keine Feindin mehr, denn sie war selber die Nacht, und ihr luschiger Tagesgefährte Michael verblutete langsam an seiner Stichwunde…

Larissas Wollust steigerte sich bis zur Raserei, und sie wusste nicht, was sie mehr erregte, die wilden Stöße des fuchsgesichtigen Künstlers oder Michaels elender Tod unterm Tisch. Am Horizont spürte sie den Orgasmus heraufdämmern, jeden Moment müsste es soweit sein…

Da packte etwas sie im Nacken und riss ihren Kopf herum. Sie sah in Michaels Gesicht, wie er verblutend unterm Tisch lag. Das gütige Lächeln war aus seinem Gesicht gewichen und hatte einem unsäglichen Leiden Platz gemacht, seine Augen sagten nur eins: Warum!

Da spürte Larissa, dass sie eine Sünderin war, und dass es für sie keine Gnade geben würde. Und im selben Moment wusste sie auch, wer sie im Nacken gepackt hielt. Wie hatte sie ihn vergessen können! Hatten ihre Erzieher sie nicht auf Schritt und Tritt vor ihm gewarnt?

„Du bist ein schwaches Weib! Nur wenn du eines Fleisches mit deinem Manne bist, bist du sicher! Aber siehe, schon Eva war schwach und so wie sie seid ihr alle!" Ja, natürlich: Es war Scheitan. Scheitan, der sie im Nacken gepackt hielt, der sie fest im Griff hatte, der ihr Meister war! Larissa schrie. Doch der eiserne Griff wurde noch fester. Erst hatte sie Michael gedemütigt, jetzt war sie an der Reihe, sie wusste es. Scheitan warf sie zu Boden und stand über sie gebeugt. Sein Gesicht war von einer dunklen Kapuze verborgen. Und da war ihr plötzlich klar: Sobald er ihr sein Gesicht offenbaren würde, wäre sie verloren. In panischer Angst versuchte Larissa, wegzuschauen, den Kopf abzuwenden, doch sie war wie festgefroren, sie war dem Bösen ausgeliefert, dem Bösen, das sie selbst gewählt hatte. In genussvoller Langsamkeit legte Scheitan seine behandschuhten Hände an die Kapuze, Larissa spürte sich vergehen. Sie spürte Scheitans Triumph, den dieser noch möglichst lange auskosten wollte. Nach unendlich langen Sekunden erbarmte er sich endlich. Jetzt warf Scheitan die Kapuze zurück...

Licht flammte auf, Michael stand im Raum. Sein regenfeuchter Mantel roch nach Nacht und Kühle. „Da bin ich wieder, Schatz!", rief er fröhlich. Larissa rappelte sich vom Boden auf und stand staunend vor Michael. Wie viel Leuchtkraft von ihm ausging, war ihr früher nie aufgefallen. Und sein mildes Lächeln war so gut, so liebevoll, so wie das Lächeln der Ikonen...

Michael hielt Larissa seine Hände hin. Und da sah sie es. Aus Michaels Handinnenflächen tropfte Blut... Larissa unterdrückte einen Schrei.

Mit schwungvoller Geste warf Michael seinen Mantel ab. Darunter war er nackt. Aus seiner rechten Hüfte floss ebenfalls Blut. Entsetzt sah Larissa in Michaels Gesicht. Ein rotes Rinnsal rann von der Stirn über seine Nase, auf seinem Kopf trug er eine Krone aus Dornen.

„Heiland, vergib mir, ich habe gesündigt!", schluchzte Larissa, fiel auf die Knie und küsste dem Heiland die blutigen Füße. Die Orgel begann zu spielen, der Geruch von Weihrauch lag in der Luft und die Gemeinde sang „Großer Gott, wir loben dich!" Und Larissa stimmte aus vollem Herzen mit ein. Oh, wie gut es tat, heimzukehren zu den wohligen, altvertrauten Klängen! Heimzukehren aus dem Land der Sünde, fort von Scheitans würgendem Griff! Jetzt musste der Heiland ihr nur noch vergeben. Oh, wie sehr sie sich das wünschte! Denn nichts war schlimmer, als den Heiland zum Feind zu haben! „Trachtet danach, liebe Kindlein, dass Jesus euer Erlöser sei! Fürchtet ihn aber als euren Richter!"

Unendliche Momente später spürte Larissa, wie der Heiland ihre Hand ergriff. Behutsam hob er sie vom Boden auf und stellte sie sich gegenüber. Er hatte ihr Rosen mitgebracht. Er bedachte sie mit unzähligen Kosenamen. Er schloss sie fest in seine Arme, während ihr die Tränen in den Augen standen. Er hatte ihr vergeben. Wie immer.

Der Schlüssel

Er hatte wieder einen Schlüssel. Einen mit einer Nummer daran. 555. Der Schlüssel gehörte zu seinem Spind. Wenn man einen Schlüssel hatte, der in ein Schloss passte, noch dazu mit einer Nummer versehen, dann war man wieder jemand. Jahrelang war er niemand gewesen, verschwunden, aus dem Gedächtnis der Welt getilgt, durch die Maschen der Gesellschaft gefallen. Gehalten lediglich von einem Notgroschen, den der Staat jenen Unglücklichen zuteilte. Eine Last war er damals für den Staat gewesen. Eine Schande auf zwei Beinen. Frau Solzer hatte ihn im Treppenhaus nicht mehr gegrüßt. Er hatte den Tag mit nutzlosen, müßigen Beschäftigungen herumgebracht. Gemalt hatte er. Und begonnen, Akkordeon zu lernen. So ein unproduktiver Unsinn.

Aber nun war Schluss damit. Er hatte wieder eine Anstellung. Die Machinery-GmbH war die größte Firma des Landes und gehörte zum Mutterkonzern System corporated. Er steckte seinen Schlüssel in das Schloss und drehte um. Der Spind sprang auf. Er entnahm ihm seine Arbeitskleidung und sein Schild mit der Nummer 555, das er immer am Revers zu tragen hatte. Er verließ den Spindraum und ging durch einen langen, dunklen Flur, von dem aus Türen in diverse Büros führten.

Schließlich hatte er die Fabrikhalle erreicht. Eine riesige, eisern glänzende Maschinenfront füllte sie fast ganz aus. Zahnräder griffen unablässig ineinander und erzeugten ein permanentes Summgeräusch. Er ging zu seinem Platz am Fließband, zwischen554 und 556, grüßte kurz und begann dann mit der Arbeit. 554 reichte ihm Eisengelenke zu, die er mit anderen Eisengelenken zusammenschraubte und dann an 556 weitergab. Sicherlich eine erfüllende Aufgabe. Manchmal ertappte er sich jedoch dabei, dass ihm Akkordeonmusik durch den Kopf ging, die das Summen der Maschinerie übertönte. Doch dann schüttelte er stets den Kopf und konzentrierte sich wieder auf den Klang der Zahnräder. Manchmal auch meinte er, an der silbergrauen Wand Farben zu sehen wie er sie zu Hause auf die Leinwand gebracht hatte. Doch dann wischte er sich kurz über die Augen und sah wieder die Maschinerie.

83

Nach acht Stunden Arbeit verabschiedete er sich von 554 und 556 und ging den langen, dunklen Flur zurück zum Spindraum. Dort steckte er den Schlüssel ins Schloss und drehte um. Der Spind sprang auf. Er entnahm ihm seine Alltagskleidung und legte die Arbeitskleidung hinein, samt dem Schild, auf dem ‚555' stand. Dann verließ er die Machinery GmbH. Die Zeiger der großen Uhr zeigten sechs Uhr Abends.

Er fuhr in der U-Bahn nach Hause. Er betrat sein Mietshaus und ging die fünf Stockwerke bis zu seiner Wohnung hinauf. Frau Solzer begegnete ihm im Treppenhaus und grüßte ihn. Er war wieder jemand. Er schloss seine Wohnungstür auf und trat ein. Nichts in seiner Wohnung erinnerte mehr an seine Jahre des Müßiggangs. Er hatte neu tapeziert, stahlgrau, und sowohl sein Akkordeon als auch seine Farben, Pinsel und die Staffelei an befreundete Künstler verschenkt.

Er ging zum Fenster. Es war ungemein stickig. Er öffnete das Fenster. Dann stellte er sich auf das Fensterbrett und stürzte sich in die Tiefe.

Wer schreibt, der bleibt.

Der Schriftsteller erwachte. Es war dunkel. Die Tagnacht stand draußen vor dem Schlafzimmerfenster und sah ernst und sternenklar hinein. Vor den Augen des Schriftstellers tanzten kleine Lichtpunkte, Boten des Traumes im Halbschlaf, derer er sich nicht zu erwehren vermochte. Im Traum, den er eben verlassen hatte, war ein Geistesblitz zu ihm gekommen, irgendeine geniale Idee für eine neue Geschichte, aber nun war sie weg. Der Schriftsteller ärgerte sich. Er war jetzt ganz wach und innerlich wütend. Immer diese genialen Ideen im Traum, die verschwanden, sobald man erwachte!

Der Schriftsteller griff neben sein Bett, angelte sich seine Brille, setzte sie auf und wälzte sich aus den Kissen. Jetzt, wo er schon einmal wach war, konnte er auch frühstücken. Er sah auf die Uhr. 4.00 Uhr früh. Früh genug für ein Frühstück. Er ging in die Küche und setzte einen Kaffee auf. Zwei Löffel. Einer pro Tasse und einer für die Maschine. Dann nahm er sich Brot und Aufstrich und ging ins Wohnzimmer.

Vom Mond der Tagnacht grell beleuchtet stand dort seine alte Westerngitarre in der Ecke, leicht verstaubt und die obere E-Saite gerissen. Sie kräuselte sich am Gitarrenhals zusammen. Gegenüber im Zimmer stand sein Schreibtisch im Halbdunkel, bedeckt von vollgekritzelten Blättern, die sich um seine alte Schreibmaschine stapelten.

Der Schriftsteller setzte sich und schmierte sich ein Marmeladenbrot. Sein Gehirn war noch immer damit beschäftigt, die nächtliche Inspiration wieder zu finden, jene Synapsenapokalypse, die die kleinen Lichtpunkte nach sich gezogen hatte. Aber es war nichts mehr zu finden. „So eine Scheiße!", fluchte der Schriftsteller. Wie viele Geschichten mochte es geben, die auf diese Weise nie geschrieben wurden? „Ich will!", rief der Schriftsteller in die unbewegte Tagnacht hinaus, „Ich will diese Inspiration wiederfinden. Koste es, was es wolle!"

Der Schriftsteller biss in sein Marmeladenbrot. Im selben Moment schrillte seine Türklingel. „Mist!", entfuhr es dem Schriftsteller, denn er hatte sich verschluckt. Was konnte um diese Zeit jemand bei ihm wollen? Er ging zur Tür und öffnete sie einen Spaltbreit, immer darauf bedacht, dass Scaramando, sein Hauskater, ihm nicht entwischte. Der aber schien noch zusammengerollt unter dem Bett zu liegen. Draußen stand ein dünner Mann mit langem Hals und spitzer Vogelnase. „Guten Morgen.", stellte er sich vor, „Mein Name ist Irmin Raboba. Ich bin ihr neuer Nachbar. Wollte mal vorbeischauen und mich bekannt machen." „Ja aber, Herr… Raboba, es ist Vier Uhr Morgens. Wollen sie nicht später wiederkommen?" „Aber nein", sagte Raboba „Sie sind doch offensichtlich wach, und wie ich rieche…", der neue Nachbar schnupperte mit seiner Vogelnase, „Wie ich rieche, gibt's auch Kaffee!"

Der Schriftsteller gab auf. Diesem Kerl war nicht beizukommen. „Okay, treten sie ein. Aber bringen sie ja Glück herein!" Irmin Raboba schlängelte sich in den Raum. Seine Bewegungen waren elastisch und gummiartig. Neben seinem merkwürdigen Gesicht hatte er noch ungewöhnlich große Hände mit langen, dünnen Fingern. Er trug einen schlauchartigen Strickpullover mit einem Rentiermotiv. Besagte Rentiere zogen den Schlitten von Santa Claus und hatten alle leuchtend rote Nasen.

„Raboba, Raboba, Raboba!", murmelte der Gast, „So heiß ich: Irmin Raboba!" „Ja, das weiß ich doch!", antwortete der Schriftsteller genervt. Raboba leckte sich die Lippen: „Wissen sie, wenn man gerade ganz neu in der Welt ist, muss man seinen Namen öfter mal wiederholen, damit man ihn nicht vergisst." Der Schriftsteller begann sich leise zu gruseln. Dieser Raboba schien nicht ganz normal zu sein! Trotzdem war er ja schon von Berufs wegen an seltsamen Käuzen interessiert. Also fragte er: „Was meinen sie damit, ganz neu in der Welt?" „Das erklär ich ihnen später!" gab der Gast zurück. „Ich möchte mich erst mal setzen!" Der Schriftsteller wies auf den freien Sofaplatz. Raboba ließ sich mit einem wohligen Seufzer in die Polster fallen. „So!", sagte er, „Und jetzt ein Kaffee!" „Ich habe nur für mich einen Kaffee gekocht!", murrte der Schriftsteller. „Aber sie geben doch immer noch einen Löffel für die Maschine mit zu. Was übrigens großer Quatsch ist. Also muss für mich noch ein Schlückchen übrig sein!" Perplex ging der Schriftsteller in die Küche um den Kaffee zu holen. Woher wusste dieser Raboba das mit dem extra Löffel?

Abgesehen davon hinkte seine Logik gewaltig. Ein Extra Löffel Kaffee machte noch keine Tasse mehr! Doch als er das Gebräu eingoss, merkte er zu seiner Verwunderung, dass es genau für zwei Tassen hinkam.

Der Schriftsteller betrat wieder das Wohnzimmer. Auf dem Sofa lümmelte sich Irmin Raboba höchst bequem vor sich hin. „Hier, Herr Raboba. Ihr Kaffee. Und jetzt erklären sie mir mal, woher sie meine Angewohnheit mit dem Extra Löffel kennen!" Der Schriftsteller setzte sich seinem neuen Nachbarn gegenüber auf einen Sessel. „Ich weiß manches von Ihnen.", sagte Irmin Raboba. "Genauer gesagt alles, was sie getan haben, nachdem sie mich gerufen haben!" Dem Schriftsteller wurde es unbehaglich. Dieser Kerl schien einen gewaltigen Sprung in der Schüssel zu haben. „Ich sie gerufen habe? Aber ich habe sie nicht gerufen!" „Doch, das haben sie. Sie haben von mir geträumt, nicht wahr? Und damit fing für mich alles an. Nach dem Aufwachen konnten sie sich nicht mehr an mich erinnern. Sie setzten einen Kaffee auf, schmierten sich ein Marmeladenbrot und dann riefen sie: ‚Ich will diese Inspiration wiederfinden. Koste es, was es wolle!' Und das rief mich auf den Plan!"

Der Schriftsteller überlegte. Konnte es wahr sein, was Raboba ihm da erzählte? Immerhin schien er über alles, was nach seinem Erwachen passiert war, genauestens Bescheid zu wissen. „Sie wollen mir also sagen", fragte der Schriftsteller tastend, „Dass sie eine Inspiration von mir sind? Dass ich mir einen schlaksigen Typen namens Irmin Raboba ausgedacht habe, der Rentierpullis trägt?" Raboba kniff die Augen zusammen: „Na, nun äußern sie sich mal nicht so despektierlich über mich. Immerhin bin ich ihr Geschöpf! Sie tragen jetzt Verantwortung für mich!" „So hatte ich das noch gar nicht gesehen…", murmelte der Schriftsteller und nahm einen Schluck Kaffee. Raboba sah ihn ernst an. „Sehen sie, sie haben schon viele ihrer Figuren sehr fahrlässig behandelt. Lina Winzmüller zum Beispiel. In ihrem Buch ‚Der Augenblick des Schreckens' bekommt sie eine Psychose und sieht immer Geister. Oder Ottokar Bulgur, die Hauptfigur ihres Buches ‚Happy together'. Er hat schreckliche Akne und findet keine Frau, während sein Freund Matthias Bernhauser die dicke Karriere macht und eine Familie gründet. Ganz zu schweigen von den lächerlichen Namen, die sie uns immer geben! Es war höchste Zeit, dass sie mal einen von uns kennen lernen!"

Der Schriftsteller spürte, wie ihm die Röte ins Gesicht stieg. Es war ihm sichtlich peinlich, hier als so schlechter ‚Papa' seiner Figuren geoutet zu werden. „Ich… ich… ich werde mich bessern.", sagte der Schriftsteller kleinlaut. „Herr Raboba. Ich könnte für sie eine sexy Frau erfinden, die total auf Rentierpullis steht oder sie machen eine Erbschaft und fliegen nach San Francisco…" „Wo mich dann ein Erdbeben ereilt…?" Raboba machte einen schmalen Mund. „Nein, mein Herr, ich will ihnen eine gesunde Lektion erteilen!"

Raboba nahm einen großen Schluck Kaffee und lehnte sich bequem zurück. Genüsslich knackte er alle seiner dünnen Finger durch. Der Schriftsteller wünschte sich, unsichtbar zu sein, so sehr durchdrangen ihn Irmin Rabobas kleine Augen.

Endlich fuhr Raboba fort zu sprechen: „Sie haben sich vorhin gefragt, warum ich meinen Namen immer wiederholt habe, nicht wahr?" „Ja", entgegnete der Schriftsteller, „aber das habe ich ja jetzt verstanden." „Gar nichts haben sie verstanden!", zischte Raboba. „Ich habe meinen Namen immer wiederholt, weil ich einen Namen habe. Ein Name ist etwas Wunderbares. Einen zu haben, meine ich. Damit ist man schon mal allen gegenüber im Vorteil, die keinen Namen haben!" „Aber wer hat denn keinen Namen?", fragte der Schriftsteller, „Ich kenne niemanden, der keinen Namen hat!" „So, ja?", grinste Raboba, „Und wie heißen sie dann bitte?" „Ich?", der Schriftsteller stockte. Dann sagte er: „Das werden sie ja wohl an meinem Türschild gelesen haben!" „Haben sie ein Türschild?", fragte Raboba triumphierend. „Natürlich!". Wütend sprang der Schriftsteller auf und lief zur Tür. Er riss sie auf, schaute drauf, besah die Wände um die Tür herum… „Naaa???", ließ sich Irmin Rabobas Stimme vernehmen, „Kein Türschild, was!?"

Der Schriftsteller lief zurück ins Wohnzimmer und packte Irmin Raboba am Kragen. „Was hat das zu bedeuten?", schrie er heiser. „Das ist doch wohl sonnenklar!" Raboba machte einen Purzelbaum auf dem Sofa. „Das bedeutet, dass sie keinen Namen haben!" Der Schriftsteller schnappte fast über: „Keinen Namen, ja!? Ich werde

ihnen sagen, wie ich heiße! Ich heiße... Ich heiße...!" „Ja wie denn?",
grinste Raboba mit ironischem Unterton. Der Schriftsteller schnappte
nach Luft. Doch so sehr er sich auch anstrengte, sein Name wollte
ihm nicht einfallen.

Raboba sah ihn durchdringend an: „Mein werter Herr, glauben sie es
nur. Sie haben wirklich keinen Namen. Sie haben eine
Berufsbezeichnung, aber keinen Namen."
„Eine Berufsbezeichnung?" „Ja. Wissen sie, sie werden schon die
ganze Geschichte über nur ‚der Schriftsteller' genannt!" „Die ganze
Geschichte über?" „Ja, diese Geschichte hier, die von ihnen handelt.
Sie fängt so an: ‚Der Schriftsteller erwachte. Es war dunkel. Die
Tagnacht stand draußen vor dem Schlafzimmerfenster..." „Hören sie
auf!", rief der Schriftsteller. Es war ihm, als marterten ihn plötzlich
tausend Migränen. „Ja", rief er, „Ich erinnere mich. Das war nachdem
ich aufgewacht bin. Aber Gestern war doch auch ein Tag! Gestern
habe ich...da habe ich..." „Da haben sie gar nichts gemacht!" sagte
Irmin Raboba, „Da gab es sie noch gar nicht. Sie fingen exakt da an
zu existieren, als sie erwachten und diese Lichtpunkte sahen! Sie sind
eine Figur in einer Kurzgeschichte, Herr Schriftsteller!" Dem
Schriftsteller wurde schwarz vor Augen. Auch meinte er, wieder jene
kleinen Lichtpunkte zu sehen. „Sie lügen, Raboba!", rief er
leidenschaftlich. „Wenn sie eine Fiktion von mir sind und ich auch
eine Fiktion, wer ist dann mein Schriftsteller?" Irmin Raboba stand
vom Sofa auf und streckte dem Schriftsteller die Hand hin. „Ich!",
sagte er, „Gestatten, Irmin Raboba, Bestsellerautor. Ich dachte mir,
ich mach mir mal einen Scherz, und schreib mich in eine von meinen
Geschichten mit rein!"

„Ein schlechter Scherz!". Der Schriftsteller nahm Anlauf, um auf
Raboba zu springen, und ihn ins Sofa zu drücken. Doch Raboba wich
aus, und der Schriftsteller lief mit voller Wucht gegen die Wand, an
der er platt wie ein Blatt Papier kleben blieb. Raboba lachte teuflisch
und rief: „Aus und vorbei mit der Schriftstellerei! Darf ich bitten,
Herr Kollege?" Mit diesen Worten zog Raboba den blattförmigen
Schriftsteller von der Wand ab, ging zum Schreibtisch und spannte
ihn in die Schreibmaschine ein. „So, und jetzt schreiben wir mal eine
schöne Geschichte mit ihnen als Hauptperson, Herr Kollege!"
Raboba setzte sich und begann in die Maschine zu hämmern. Dem

Schriftsteller wurde es Angst und Bange. Er war jetzt nicht mehr das eingespannte Blatt, sondern eine winzige Figur auf demselben, die ständig bestrebt war, von den herabklatschenden Buchstaben nicht erschlagen zu werden. Fieberhaft versuchte er, einen Ausweg zu finden. Das war gar nicht so einfach, denn das klare Denken war bei dieser Umherrennerei doch sehr beeinträchtigt. Raboba war also sein Schöpfer? Ja? Aber war er nicht auch irgendwie Rabobas Schöpfer, zumindest in dieser Geschichte? Als ihm dieser Gedanke kam, merkte er, dass er wieder an Kraft gewann. Er stellte sich auf ein E und begann sich aufzublähen. Dann sog er mit aller Kraft die Luft ein.

Und das blieb nicht ohne Folgen. Raboba begann auf seinem Stuhl zu wackeln und wurde immer näher zur Schreibmaschine gezogen. Schließlich erfasste ihn der Sog vollends, und er wurde zu dem Schriftsteller auf das Blatt gerissen, jetzt ebenso klein wie dieser. „Hallo, Herr Kollege!", rief der Schriftsteller, „Jetzt sind wir ja wieder auf Augenhöhe!" Wütend warf er mit dem E, auf dem er eben noch gesessen hatte, nach Raboba. Dieser wich aus, schnappte sich ein V und keilte den Schriftsteller damit ein. Jetzt gab es nur noch eine Lösung. Der Schriftsteller packte sich ein spitzes I und warf es wie einen Speer nach Raboba. Das sah dieser zu spät. Mit einem reißenden Geräusch wurde Raboba von dem I durchbohrt. Tinte spritzte aus seinem Körper über das ganze Blatt. Der Schriftsteller in seinem V wurde von der blauschwarzen Flüssigkeit überschwemmt und versank in ihr, mit gutturalen Gluckerlauten…

Oliver, der Schriftsteller, wachte auf. Noch war er halb umfangen von den Resten eines nächtlichen Traumes. Doch bald hatte er wieder Gewalt über sich, angelte sich seine Brille und stand auf. Maunzend begrüßte ihn sein Hauskater Scaramando. Oliver ging ins Wohnzimmer. Sonnenlicht fiel in den Raum. Der Tag hatte begonnen. Er warf einen kurzen Blick auf seine Schreibmaschine. Das eingespannte Blatt war über und über mit Tinte verschmiert. „Ich muss wohl mal ein neues Farbband kaufen!", lachte Oliver. Dann ging er in die Küche und setzte einen Kaffee auf. Zwei Löffel. Einer pro Tasse und einer für die Maschine.

Meinem lieben Olli zum 38. Geburtstag

Flüster. Aber bitte ganz laut.

Loby und Koby waren gegangen. Sie war allein. Tief atmete sie auf.
Sah auf die Scherben der Sektgläser im weißen Flokati, wie sie im
Licht der Deckenbeleuchtung funkelten und sie angrinsten wie
Gesichter von kleinen, spitzzahnigen Dämonengnomen, die sie
unversehens anfallen und zerfressen konnten, wenn sie nebenan im
meerblauen Plastikbad unter den kitschigen Neonlichtsternen an der
Nachthimmeldecke im warmen Schaumwasser lag.

Sie stürzte an ihr Smartphone.

Er war wach.

Das spürte sie.

Sie knipste das Ding an, und ging in den Chat auf seiner Seite.

Sie sah in seine Augen, und seine Augen sahen sie an.

Und sie stürzte in die Nacht ihres Smartphones.

Und schrie.

Krachend zog der entstehende Sog das ganze Zimmer mit.

Durch das offene Fenster wehte der Nachtwind und bauschte die
Vorhänge.

Wind

Der Wind weht unaufhörlich. Er weht grau und pfeifend aus allen Richtungen. Die Bäume biegen sich unter seiner Last. Wind ist, wenn du nichts mehr siehst als Staub und nichts mehr hörst, als den hohlen, klagenden, manchmal fast sirenenartigen Klang. Wind ist, wenn du allein stehst, entfernt von allem Vertrauten, wenn du dich auf einer Bühne wähnst ohne Zuschauer und Mitspieler, wenn ringsum Dunkel ist.

Und dann kann dieses Licht angehen, dieses Licht, das du selber bist und es brennt hell und du rufst deinen Namen hinaus ins Nichts.

Und dann stehst du auf. Es ist wie ein Rausch fast. Um dich herum gehen Lichter an wie Laternen, und du nimmst deinen Mantel und gehst hinaus in den Wind.

Doch du hörst ihn nicht mehr. Du siehst die Bäume sich biegen, die Blätter irr durch die Luft geweht werden, du siehst es. Doch du hörst den Wind nicht mehr.

Dein Schrei hat ihn zum Verstummen gebracht.

Begebenheiten im Kaff K.

Dieter Drohschlange, ein gewöhnlicher Junggeselle

Eines Tages kehrte Dieter Drohschlange (sic!) von einem anstrengenden Tag nach Hause zurück. Er betrat seine im verstaubten 50er Jahre-Stil gehaltene Wohnung und knipste Hübinall, den Fernseher an. Es handelte sich um ein Gerät der Firma Hellodridevil (mit eingebauter Paranoia).

Manchmal, wenn das Programm nachließ, schien es Dieter, als würde sein Gerät ihn beobachten. Dann sagte er: „Hallo, Hübinall, willst du auch einen Keks?". Er hatte schließlich anderes zu tun, als seinen lebenden Fernseher unter Kontrolle zu halten!

Heute lief ein Film über alkoholkranke Frauen, die ihr Leben vorm Fernseher verbrachten und den Gegenständen in ihrem Haus Namen gaben.

„Ein völlig uninteressantes und für mich irrelevantes Thema!", befand Drohschlange und ließ seine gespaltene Zunge gegen die Mattscheibe zucken.

Außerdem musste er ja noch Mume, die Blume, gießen und sich aus dem Kühlschrank eine schöne kühle Kiste Flens oder auch zwei holen.

Ach ja, seit er gemerkt hatte, dass er ein Komodo-Waran war, war Dieters Leben doch um einiges komplizierter geworden...

Wie Dieter Dunkler den Weltuntergang auslöste
(Ein Dogmafilm ohne Katzen)

1. Als Dieter Dunkler nach der langen Flucht vor niemand auf der Landstraße entspannte, löste sich ein Schuss aus seiner 45'er.
2. Die Krähen hielten es für einen Atombombeneinschlag.
3. Frau Boma Lunder hielt das Krähengeflatter für Schmetterlingsflügel, die in Australien einen Sturm auslösen.
4. Eine Krähe flog zu Kim Jong Un und rief: "In Australien brennt es!"
5. Kim Jong Un verstand "Aus Trailern, die man brennt, geht nicht hervor, wovon der dazugehörige Film handelt."
6. Er kreischte laut, weil er kapierte, dass er "Joker" nicht verstanden hatte.
7. Donald Trump hörte Kims Kreischen nachts im Schlaf als Ohrgeräusch und rülpste vor Schreck.
8. Dieter Dunkler hörte Trumps Rülpsen als Pistolenschuss, schnappte sich seine 45'er und floh vor niemand.
9. Der Ku-Klux-Klan ritt marlbororauchend in eine kleine Western-Geisterstadt ein, in der noch ein Farbiger namens Hezekiah Jones lebte.
10. Dieter Dunkler schoss. Joe Biden schreckte aus dem Schlaf, drückte auf den Atomknopf neben seinem Bett, schnappte sich sein Schrotgewehr und lief zur Tür. „Hey Joe!", murmelte verschlafen seine Frau, „Where are you goin' with that gun in your hand?".
11. Der Nachbar des stillen, freundlichen, atheistischen Juden Seligman drehte mitten in der Nacht seine Stereoanlage voll auf und hörte Rammsteins „Nymphomaniac". Seligman stand auf, zog sich an, und verließ fröhlich gestimmt seine Wohnung, um sich vom Bäcker nebenan sein Lieblingsgebäck zu holen.
12. Robert Altman und Jim Jarmusch, die angeregt über Filme disputierten, hörten einen Schuss.
12. Nena saß meditierend auf einer Isomatte, sah 99 Luftballons vorbeifliegen, und dachte sich, dass die Dreizehn doch eigentlich eine schöne Zahl war.

Katzenklappe, die dreizehnte!

Wie man Dieter Doofkopp den Prozess kurz machte

Als Dieter Doofkopp eines Morgens aus unruhigen Träumen erwachte, stellte er fest, dass er sich in ein riesiges Ungeziefer verwandelt hatte. Sein Bart war genau zwei Millimeter länger geworden. Das konnte der alte Pedant nicht auf sich sitzen lassen. Sofort holte er seinen elektrischen Rasierapparat mit Langhaarschneider hervor, und setzte ihn an. Laut tönte das Rasiergeräusch durchs Treppenhaus.

Einen Stock darüber erwachte Frau Boma Lunder, erschrak über das laute Rasselgeräusch und sagte zu ihrem Mann Kai Pirinja: „Du, ich glaube, Herr Doofkopp hat sich in eine Kakerlake verwandelt.". „Ja, ganz bestimmt.", sagte Kai Pirinja aus dem Schlafzimmer. „Weißt du was? Halt einfach die Schnauze und sauf weiter." Frau Boma Lunder ließ die Sache aber keine Ruhe. Sie wählte die Nummer der Polizei. Die rief sie immer an, wenn sie Fragen zur Weltlage hatte und alle Seelsorgetelefone besetzt waren. Wachtmeister Kohl Numbo ging ran. „Ah, Frau Lunder mal wieder.", sagte er still beglückt. „Ja.", rief Frau Boma Lunder hysterisch. „Bei meinem Nachbarn ist so ein komisches Rasselgeräusch in der Wohnung. Glauben sie, es kann angehen, dass er sich in eine Kakerlake verwandelt hat?". „Ja, ganz bestimmt.", sagte Wachtmeister Kohl Numbo. „Sowas zeigen sie ja jetzt auch immer in Fernsehserien. Da haben sie bestimmt recht.". „Was macht man denn in so einem Fall?", fragte Frau Boma Lunder besorgt. „Ach", sagte Wachtmeister Kohl Numbo leutselig. „Ganz einfach. Am besten, sie rufen bei der Bundeswehr oder beim Bundesgrenzschutz an. Die schicken dann bestimmt einen Panzer und eine Spezialeinheit.". „Das klingt gut!", rief Frau Boma Lunder.

Inzwischen hatte sich Dieter Doofkopp zuende rasiert. Er war sich jetzt wieder sicher, doch ein Mensch zu sein. Er schmiss den Rasierapparat aus dem Fenster, denn morgen war ja wieder Geld auf dem Konto, da konnte er sich dann ein schickes, neues Modell kaufen. Es klingelte. Dieter Doofkopp öffnete. Draußen standen zwei Kakerlaken. „Tschuldigung!", sagten sie höflich, „Dürfen wir sie verhaften?". „Nee.", sagte Dieter. „Da habe ich heute keine Lust drauf. Kommen sie bitte morgen wieder.". „Geht nicht.", sagte die eine Kakerlake. „Da müssen wir zu Elektro-Summ. Die haben da dann Rasierapparate im Angebot.". „Mhh.", sagte Dieter Doofkopp. „Heute passt es mir aber wirklich gar nicht. Ich muss noch mit meiner Blume Mume zum Tierarzt.". „Ach!", sagte die andere Kakerlake und zückte einen Notizblock. „Sie halten unerlaubte Haustiere? Das gibt sieben Sixpackpunkte in Flens-Burg.". „Gehen sie bitte.", sagte Dieter Doofkopp, „Ich muss heute noch unerlaubte Pornoseiten auf meine externe Festplatte kopieren.". „Ah, ja.", sagten beide Kakerlaken gleichzeitig. „Dafür haben wir natürlich Verständnis. Alles für die Liebe.". Sie küssten sich, gingen die Treppe runter und verließen das Mietshaus in der Samsastraße im Kaff K. .

Plötzlich gab es einen großen Knall. Frau Boma Lunder war der Föhn explodiert, den sie auf e-bay als Sonderangebot gegen den Rasierapparat eingetauscht hatte, den sie Dieter Doofkopp geschenkt hatte. Das Haus brannte bis auf die Grundmauern herunter. Die Prozesskosten trug Wachtmeister Kohl Numbo aus eigener Westentasche.

***

Mutanten der Großstadt

Ein Bildungsroman

„Prima! Das Fernsehen kam seinem Bildungsauftrag wieder voll und ganz nach. Überall nur noch Jugendserien und Filme über Mutanten, die gegen Menschen kämpften, und sich in riesige Maden und Kakerlaken verwandeln konnten. Genau das, was die Jugend von heute brauchte, um in der Welt klarzukommen."

Die ältliche Lehrerin Susanne Sehlbohm ging wütend vor sich hinschimpfend nach einem langen, anstrengenden Arbeitstag in ihrer kleinen Wohnung auf und ab. Eben hatte sie einmal am eigenen Fernseher überprüft, was es mit dem, was ihre Schüler so den ganzen Tag daherlaberten, auf sich haben könnte. Ihr waren fast die Sinne vergangen. Überall nur Serien mit Riesenkäfern. Susanne Sehlbohm beschloss, einen wütenden Brief an das öffentlich rechtliche Fernsehen, alle Privatsender und die Internetkontrollstelle zu schreiben. Notfalls auch einen an die Bundesregierung. Sie hatte schon alles bereitgelegt, um diese Briefe zu schreiben. Langsam fuhr ihr Rechner hoch. Kurz ging sie noch einmal in die Küche, um sich ein Glas Wasser dazu zu holen.

In der Küche war es dunkel. Sie knipste das Licht an. So schnell, wie dann das folgende geschah, konnte Susanne Sehlbohm noch nicht einmal das Herz stehen bleiben. Eine riesige, runde, weiße Made – mindestens 2 Meter groß- stürzte hinter ihrem Kühlschrank hervor und warf sich mit zornigen Brülllauten auf die erschreckte Lehrerin.

Diese stürzte hintenüber und die riesige, weiße Made wälzte sich über sie, öffnete an ihrem Bauchbereich eine Art reißverschlussähnliche Öffnung mit spitzen Zähnen, die einmal über ihre ganze Länge reichte, und schlang die schreiende Lehrerin in ihr Inneres. Dann dehnte sie sich auf ihre doppelte Größe, schoss hoch zur Decke, vollführte ein paar Drehungen, und explodierte mit einem lauten Knall, wobei das ganze Mietshaus, in dem Susanne Sehlbohm gewohnt hatte, in Stücke flog. Brennende Einzelteile des Hauses landeten auf der Straße. Mit hektischem Blaulicht rückte ein Feuerwehrwagen an. Drei Mutanten stiegen aus und räumten die

Trümmer unter keckerndem Lachen weg. Wieder eine
Menschensiedlung weniger.

Das Testament des Dr. M.B.

Immer wahnsinniger wurden die Zustände in der Irrenanstalt Gutgarten. Ausgerechnet dort, in jener kaum von der wissenschaftlichen Welt beachteten Vorstadtpsychiatrie, war es Ärzten gelungen, den Grund für das Corona-Virus herauszufinden. Man hatte es im Gehirn des Chinesen Chi-Li lokalisiert, der an einer entscheidenden Stelle im rechten Schläfenlappen eine Anomalie hatte, die es ihm erlaubte, durch das Fallen in epilepsieähnliche Zustände nach Belieben seine Gestalt verändern zu können. Immer, wenn er dies tat, schoss sein Gehirn jedoch tausende andere Gestalten hervor, die dann als Menschen, Tiere oder Phantasiegestalten zu leben begannen. Er nahm dann stets eine neue Gestalt an, die aber immer etwas Chinesisches an sich behielt.

Eine Zeitlang hatten die Ärzte, die sich mittlerweile auch mit Psychologen und den Führern aller Weltreligionen berieten, erwogen, ob es sich bei Chi-Li um Gott handeln könnte, der zur Zeit in Menschengestalt auf Erden weilte, dann aber sah man, je mehr Experimente man mit ihm machte, immer deutlicher, dass alle Wesen, die er aus seinem Hirn hervorschoss, zum Bösen neigten. Daraufhin verfiel man der Theorie, dass es sich bei Ch-Li um den personifizierten Satan handeln müsse. Mittlerweile hatte man Chi-Li komplett in einem Einzelzimmer isoliert und gab ihm auch nur noch bedingt Medikamente, um die Produktion von neuerschaffenen Horrorwesen nicht noch mehr in die Höhe zu treiben, denn diese konnte schon keine Psychiatrie und kein Gefängnis der Welt mehr sinnvoll unterbringen und beherbergen.

Viele Ärzte kehrten in diesen Tagen zu ganz altmodischen Gottesvorstellungen zurück, und begannen, zu beten. Schließlich kam man überein, dass, wenn der Satan bereits auf Erden weilte, auch Jesus Christus irgendwo sein müsse, und ihn besiegen können würde.

Irgendwann erinnerte sich einer der älteren Ärzte an einen pensionierten Kollegen, der vor Jahren einmal in Gutgarten gearbeitet hatte, und der außerordentlich fromm gewesen war. Nach langem Suchen fand man seine Nummer und rief ihn an. Verschlafen ging er ans Telefon. „ Sind sie es, Dr. Busaker?", fragte der alte Arzt. „Ja, Dr.

Martin Busaker am Apparat.", antwortete eine müde Stimme. „Ich bin es, Dr. Bileam Baum. Erinnern sie sich an mich?", fragte der diensthabende Oberarzt von Gutgarten. „Ja.", sagte Dr. Busaker. „Wissen sie noch, unsere Theorie von damals, dass satanische Zirkel durch das Umstellen von Buchstaben den Satan in Menschen hineinprojizieren könnten?". Busaker am anderen Ende war plötzlich hörbar schlagartig wach. „Von diesem Unsinn würde ich gerade in unserer jetzigen Lage wirklich die Finger lassen, Baum.", sagte er. "Vor allem nach dem, was wir schon vor 40 Jahren gemeinsam erlebt haben.". „Ja, Dr. Busaker.", nickte Baum. „Aber damals haben wir uns geirrt. Das war noch nicht die Endzeit. Jetzt glauben zumindest wir hier aber, dass es soweit ist. Wir haben den Mann eingefangen, der die Phänomene auslöst, die wir auch damals schon beobachtet haben. Aus meiner Sicht müssen wir nur noch herausfinden, wo Jesus sich zur Zeit aufhält." „Ach, Baum, werden sie denn nie vernünftig?". Busaker seufzte. „Na gut. Ich komme.". Am anderen Ende wurde aufgelegt.

Dr. Martin Busaker war unbehaglich in seiner Haut. Er hatte all das bereits vor 40 Jahren erlebt, und es schon damals hinterher keinem mehr vernünftig erklären können. Unter großen Mühen und mit viel Aufwand hatte man nach dem Unglück, das damals in Gutgarten geschehen war, die Ruhe im Staat wiederherstellen und das Krankenaus Gutgarten wieder aufbauen können.

Busaker stieg in sein Auto. Mit einem mulmigen Gefühl im Bauch fuhr er von dem alten Bauernhaus, das er bewohnte, die Landstraße in Richtung Gutgarten hinunter. Er wusste, dass er auf dieser Fahrt mehreren Anhaltern begegnen würde. Und je nachdem, für wen davon er sich entschied, würde dies Jesus, der Antichrist, einer der Dämonen der Hölle, ein Engel, oder ein Wesen sein, das völlig variabel war, und den Untergang über alle bringen würde. Vor 40 Jahren war dies die unscheinbare Anhalterin Maria Musalke gewesen.

Busaker fuhr langsam und gemächlich die dunkle Straße hinunter. Seine Scheinwerfer beleuchteten die Bäume rechts und links der Allee. Wie schwarze Schatten huschten sie an ihm vorbei. Plötzlich geschah es. Ein Mann in einem Regencape stand auf der Straße und richtete einen großen runden Spiegelscheinwerfer auf Dr. Busakers

Auto. Kurz noch gelang Busaker ein Blick in das Gesicht des Mannes vor ihm auf der Fahrbahn. Aber da war nichts. Nur weiße Haut. Keine Ohren, keine Nase, kein Mund und keine Augen. Mit einem lauten Schrei riss Busaker das Steuer herum. Sein Auto flog von der Fahrbahn und überschlug sich auf dem Acker.

Inzwischen waren in der Anstalt Gutgarten chaotische Zustände ausgebrochen. Immer mehr völlig deformierte, irre lachende und um sich schlagende Gestalten sprangen aus dem Kopf des Chinesen Chi-Li und wüteten auf den Gängen der Psychiatrie. Mehrere Pfleger hatten Chi-Li überwältigt, ihm eine Spritze gegeben und hielten ihn zu dritt auf eine Liege gedrückt. Seine funkelnden Augen schossen Blitze, und auch er selber veränderte mittlerweile andauernd seine Gestalt und sein Aussehen.

Plötzlich flog die Tür auf. Dr. Busaker stand im Türrahmen. Er trug ein gelbes Regencape. „Wir schaffen es.", schnaufte er. „Wo ist Dr. Baum?". „Hier!". Der erschöpfte Dr. Baum, der in der Ecke gesessen hatte, erhob sich und wischte sich den Schweiß von der Stirn. „Ich habe auf der Straße einen Mutanten überwältigt.", keuchte Busaker. „Aber er entpuppte sich als die Hülle des Erzengels Michael. Er hat mir das hier in die Hand gegeben. Das wird helfen."

Busaker trat an die Liege, wo der zappelnde Chinese lag und öffnete die Hand. In seiner Hand lag eine kleine rote Chilischote. Busaker hielt sie dem Chinesen vor die Augen. „Können sie erkennen, was das ist?", fragte er. „Ja.", murmelte der Chinese und schnappte nach Luft. „Chi-Li. Chi-Li." Busaker lächelte wissend. „Ist das ihr Name?" fragte er. „Ja.", sagte der Chinese und lächelte erleichtert. „Dann beißen sie jetzt bitte auf diese Schote.", sagte Dr. Busaker, und hielt sie ihm hin. Chi-Li nahm die Chilischote zwischen seine Zähne und biss darauf. Ein ohrenbetäubender Schrei ertönte. Chi-Li richtete sich urplötzlich kerzengerade auf seiner Liege auf, und stieß die Pfleger beiseite. Er schrie mit aller Kraft ins Gesicht von Dr. Busaker. „Satan! Du bist der Satan!". „Haltet ihn.", rief Busaker und sprang zu Chi-Li auf die Liege. Busakers Gesicht begann sich zu verformen, und immer mehr aufzuquellen. Seine spärlichen, grauen Haare wurden ein weißer, seine Glatze umwehender Kranz. Chi-Lis Kopf hatte die Konsistenz von schmelzendem Gummi angenommen.

101

„Den Spup! Man muss ihm den Spup entfernen.", schrie Busaker mit hysterisch sich überschlagender Stimme. „Hilfe!", rief Dr. Baum alarmiert. „Busakers Psychose von damals bricht wieder aus!". „Nein!", kreischte Busaker. „Ich irre mich nicht! Der Spup ist die Ursache von allem Übel!".

Mit zitternder Hand packte er Chi-Lis Kopf, drückte ihn auf die Liege und fasste mit seinen Fingern tief in Chi-Lis Nasenlöcher. Chi-Li schrie vor Qual. Busaker ächzte und stöhnte. Dann riss er Chi-Li einen großen, gelben Popel aus der Nase. „Der Spup!", rief er erregt, „Das ist der Spup!".

Chi-Li kreischte laut, sein Gesicht wurde ein rotschwarzes Feuermäandern, und er fiel, in Flammen aufgehend mit Dr. Busaker von der Liege. Ihn niederringend, rief er: „Martin Busaker! Ma. Bu. Saaaaaaaaah!". Im selben Moment sprang Dr. Baum auf, kniete sich zu seinem Kollegen herunter, riss dessen brennende Überreste vom Boden hoch und stülpte sie sich über den Körper. Dann rannte er, gleichfalls nun brennend, durch die Gänge von Gutgarten und schrie: „Es ist gut mit gut. Es ist gut mit gut!".

Eine junge, hübsche Krankenschwester mit großen , festen Brüsten riss sich die Kleider vom Leib und sprang Dr. Baum von hinten auf den Rücken. „Jaaa, Esmeralda!", schrie er. „Läuten wir die Glocken! Ich bin im Quasi-Modus!".

Mit schnellen Schritten rannte Dr. Baum aus dem Haupteingang der Klinik, riss noch das Schild mit der Aufschrift „Gutgarten" herunter, und lief mit lauten Tierschreien in die Nacht. Ein Auto begann ihm zu folgen. Hinter dem Steuer saß ein Mann ohne Gesicht.

Im Innern der Anstalt hatte man mittlerweile den Chinesen Chi-Li überwältigt und drückte ihn auf den Boden. Sein Mund öffnete sich, und Speichel floss heraus. „Ich war es nicht.", murmelte er mit kaum vernehmbarer Stimme. „Es war Mabuse. Er benutzte mein Gehirn…"

Angelehnt an Fritz Langs "Das Testament des Dr. Mabuse" und die "Dr. Mabuse"- Filme der 1960er. Aktuelle Bezüge sind selbstverständlich vorhanden.

Klapsmühle, Tag eins

Rätselhafterweise ist dies kein Hörbuch.
Sondern ein Theaterstück.
Sie müssen es *lesen*.
Als Quasigedicht.
Sie können es auch gerne in ihrer eigenen Wohnung
nachspielen.
Wenn sie zwischendurch kotzen müssen, müssen sie die Kotze
selber wegwischen.
Oder einen Pflegedienst anrufen.
Jetzt fängt das Stück an, und diese Personen spielen mit:

Personen:
Zwei Pfleger (sprechen ohne Anführungszeichen und als eine
Person)
Der Eritreer (spricht in Anführungszeichen)
Der Arzt (spricht in Großbuchstaben)
Der Neijsche Typ (spricht kursiv geschrieben)
Der Regieanweiser (spricht in Klammern manchmal das, was
geschieht.)

Zwei Pfleger:

Du musst mitten in die Scheiße reinpetten, das bringt Glück!
Los, du Qualsterkopf, zähl bis zehn, bis wir dich auseinanderhacken!
Du bist hier in der Hölle, du kommst hier nie wieder raus!
Du musst ab jetzt immer verfaulten Gammelkäse von Extraschimmel
essen,
den wollen die bei Aldi loswerden.
Los, friss, du Neger!
Mehr Käse! Mehr Käse!
Stopft ihm den stinkenden Scheiß in den Mund!
Zieht ihm das Ungeziefer aus der Nase, damit er frei atmen kann!

Der Eritreer:

„Oh ja, Buana, was soll ich tun?"

Zwei Pfleger:

Du kannst erstmal damit anfangen, alles zu verlernen, was du kannst, damit wir dich nach Eritrea zurückschicken können.

Der Eritreer:

„Ich komme aus Klein Flottbek!"

Zwei Pfleger:

Ach, das ist also in Afrika, ja?

Der Eritreer:

„Nein, in Hamburg."

Zwei Pfleger:

Du bist aber nicht mehr in Hamburg,
du bist in der Hölle!

Der Eritreer:

„Was muss ich tun, Buana?"

Zwei Pfleger:

Uuuuuuuuuuuuuuuuuuuh sagen.

Und dann Aaaaaaaaaaaaaaaaah.

Wenn du das in Deutschland auf der Straße sagst, kommst du hier besser klar.

Der Eritreer:

„Was stopft ihr mir in den Mund?"

Zwei Pfleger:

Rattengift, damit du dein Deutsch verlernst.

Der Eritreer:

„Uuuuuuuuuuuuuoh!"

Zwei Pfleger:

Schon sehr gut, du dreckiger Nigger!

Der Eritreer:

„Aaaaaaaaaaaaj!"

(Arzt kommt rein.)

Zwei Pfleger:

Der Nigger hat nur noch zwei überflüssige Buchstaben.
Ein O und ein J.

Der Arzt:

WUSST ICH. ES IST O.J. SIMPSON.

Zwei Pfleger:

Sollen wir ihn töten?

Der Arzt:

NEIN. SCHICKT IHM DEN NEIJSCHEN TYPEN REIN.

(schwarzhaariger Typ mit einem Schielauge kommt rein und sagt)

Der Neijsche Typ:

Neijsch! Neijsch! Neijsch! Neijsch! Neijsch! Neijsch!

Der Arzt:

SO, HERR OJO. SIE KOMMEN JETZT MIT DIESEM
NETTEN HERRN HIER AUFS ZIMMER, UND DANN
LERNEN SIE DAS WORT, DAS ER KANN!

**(Die Pfleger schließen die Tür hinter dem Eritreer und dem
neijschen Typen und gehen mit dem Arzt in der Mitte ab.)**

(der Arzt murmelt:)

NEIJSCH, NEIJSCH, NEIJSCH…

**(Die Pfleger gehen mit ihm um eine Ecke im Flur und schlagen
ihn zusammen. Aus dem Krankenzimmer ertönt ein lauter
Hilfeschrei, dann Wasserrauschen, Vogelgezwitscher, und ein
Presslufthammer, der immer lauter wird.)**

***

Retorte

Eine Horrorgroteske

Als ich auf dem Rollbett in das Krankenzimmer der städtischen Psychiatrie geschoben wurde, erhob sich im hinteren Winkel dieses düsteren, dreckigen Raumes ein Wimmern. Aus Resten einer eingestürzten Wand, aus der Bauschutt rieselte, morphte sich ein Mann mit blutender Kopfhaut mäandernd und mit die Glieder unlogisch verziehenden Bewegungen ins Zimmer. Er kletterte wie eine Spinne von der Wand herab, und spuckte seine Zähne auf den Boden. „Um halb sechs gibt es den ersten Teller Scheiße.", sagte der Pfleger. „Was wollen sie dazu trinken?". Ich wusste auf diese Frage keine Antwort. Der Pfleger lächelte mich leutselig an. „Wir haben da eine große Auswahl.", sagte er strahlend. „Pferdepisse, Kackwasser aus den Arschfalten von unglücklichen Kühen, radioaktive Fliegenpilzlimonade aus Tschernobyl, Rührmilch mit ranziger Butter und vergammeltem Eigelb und Kotze von dilierenden Alkopoptrinkern im Endstadium.". „Ich hätte gerne einen Früchtetee.", sagte ich trocken. Der Pfleger ging wortlos aus dem Zimmer.

Inzwischen war der andere Mann zu dem Bett auf der gegenüberliegenden Seite des Zimmers gewankt. Mit einem riesigen Taschentuch wischte er sich das Blut von der Stirn. „Der Dunkeltroll von nebenan wollte mir schon wieder den Kopf aufsägen.", sagte er entnervt, und rollte sich unter papierähnlichem Geknister auf das Bett. „Darf ich mich vorstellen?", sagte ich, „Ich heiße…" „Ist nicht wichtig.", raunzte der andere. „Die nehmen einem hier sowieso die Namen weg. Ich nenne dich einfach Farout Fahrenheit Flatterhemd." „So heiße ich aber nicht.", sagte ich trotzig. „Ist doch scheißegal.", sagte der andere. „Ich heiße übrigens nicht G. Orgasmus Anderson, aber du musst mich so nennen. Das brauche ich für meine innere Struktur. Ich befehle dir jeden Morgen, dir einen neuen Namen von mir zu merken, und mich damit anzusprechen. Das macht mich gesünder, und dich kränker.". „Und was soll das?", fragte ich. „Nichts, Flatterhemd.", sagte er. „Also, wie heiß ich, du Nutte?". „Keine Ahnung.", antwortete ich wahrheitsgemäß. Mit einem lauten Schrei sprang der andere vom Bett auf, rannte auf mich zu und schlug mir mit eisenharter Faust voll ins Gesicht. „Du Schwein!“, schrie er, „Wie heiße ich?“ Ich zitterte vor Angst. Meine Nase blutete. „G Punkt Orgasmus Anderson heißen sie.“, sagte ich mit weinerlich zitternder Stimme. „Du SCHWEIN!!!!!“, schrie der andere und schlug mir nochmal mit voller Wucht gegen den Kopf. „Ich heiße Roland Kaiser. Und jetzt sing ganz laut mit mir, du Schwein: Santa Maria, Insel, die aus Träumen geboren, ich hab mein Gehirn hier verloren, du wirst nicht mehr wiedergeboren, heute Nacht, da esse ich dich auf!“. Er war jetzt zu mir aufs Bett geklettert und fasste mir mit seinen Spinnenfingern ins Gesicht, sodass sich sein Zeigefinger in mein linkes Auge, und sein Mittelfinger in eines meiner Nasenlöcher bohrte. Ich sank aufs Laken. Befriedigt stöhnte der andere auf. Er kletterte wieder von mir herunter und legte sich auf sein Bett.

Ich zitterte am ganzen Körper. Im schummrigen Licht beobachtete ich ihn. Er lag jetzt mit dem Rücken zu mir. Er war schlank, hatte eine Halbglatze, und ganz kurze, rötlich flimmernde Haare. Er trug ein weißes T-Shirt, auf dem vorne, wie ich vorher gesehen hatte, eine 36 abgebildet war und viel zu enge Karottenjeans. „Du guckst dir meinen Arsch an, nicht wahr?“, fragte er. „Nein.“, sagte ich. „Doch.“, sagte er. „Mein Arsch ist auch was ganz besonderes.“. Ich entgegnete nichts. „Doch, doch.“, sagte der andere vehement. „Ich habe nämlich keine Arschfalte. Ich bin in der Retorte gezüchtet worden, weil meine Eltern ein Kind ohne Arschfalte wollten.“. „Das ist ja schrecklich.“, sagte ich wenig überzeugend. Mir fiel einfach nichts Besseres dazu ein. „Wieso?“, schrie der andere laut. „Meine Eltern meinten es gut mit mir. Ohne Arschfalte kann einen keiner fisten oder einem Grillzangen hinten rein schieben. Das machen die Perversen doch alle. Und aufs Klo gehen muss man ohne Arschfalte auch nicht. Und übrigens. Ich bin nicht psychisch krank. Ich bin immer einmal im Monat hier, damit mir die Pfleger die angesammelte Scheiße aus dem Körper holen und sie den anderen Patienten hier verfüttern können. Die Reste, die übrig bleiben, gehen an Lebensmittelrecyclinghöfe, die dann aus meiner Scheiße Lebensmittel für die Unterschicht herstellen. Deswegen fühle ich mich auch wertvoll, geachtet, und gebraucht. Und die Basis für mein Leben habe ich von den vielen Jahren, in denen ich angekettet im Keller meiner Eltern die Wiederholungen von der Hitparade mit Dieter Thomas Heck gucken durfte. Aus Schlagern kann man so viel lernen. Zum Beispiel aus dem hier: *Ich bin verliebt in die Liebe, sie ist oley-hey für mich.* Oder aus dem hier: *Xannadududu hip holly hepp oherrgehackt.*" „Geht der nicht irgendwie anders?", fragte ich aufseufzend. Mir blieb wohl nichts übrig, als mich auf dieses Gespräch einzulassen. „Aaaaaanders????!!!!????", schrie der Mann. „Ich hab dir doch gesagt, ich bin Nino de Angelo. Und mit ‚Anders‘ willst du Christian Anders beleidigen und mir unterstellen, ich wäre andersrum!".

„Nein.", rief ich erschreckt, denn mir schwante, dass er gleich wieder auf mich einschlagen würde. „Dann ist ja gut.", sagte er, nun überraschend friedlich. „Übrigens, du musst dich hier vor einer Mitinsassin besonders in Acht nehmen. Vor der Frau mit dem Hähnchenkopf." Ich stöhnte. Da standen mir ja wieder Zeiten bevor.

Es war Nacht. Mein Zimmernachbar schnarchte. Seine Karottenjeans hing auf halb Acht, weil er den Gürtel vorm Einschlafen locker gemacht hatte. Zwanghaft sah ich auf seinen Hintern. Manchmal schien es mir im Schein der vor dem Fenster stehenden Straßenlampe, der Mann habe eine Arschfalte, und manchmal nicht. Ein Pfleger mit Essen oder Tabletten war nicht mehr gekommen.

Plötzlich hörte ich in der Luft ein leises Singen. Eine einschmeichelnde Stimme sang: „Die Frau. Mit dem Hähnchenkopf. Die Frau. Mit dem Hähnchenkopf.".

Ich fröstelte. Plötzlich hörte ich, wie die Straßenlaterne draußen laut knarrte. Ihr Lichtkegel drehte sich einmal um die eigene Achse, und urplötzlich fiel ihr gesamtes Licht blendend weiß und hell in unser Zimmer. Mein Zimmernachbar saß kerzengerade auf seinem Bett und hatte einen verdrehten Kopf mit Hähnchenschnabel und rotem Kamm. Langsam und leise öffnete sich die Zimmertür und ein ungutes, fiebriges Licht strömte hinein. Mit wackelnden Bewegungen kam eine drahtige Farbige mit Sonnenbrille, knallgelbem T-Shirt und lila Hip-Hop-Cap hinein, und sagte mit breitem, amerikanischem Akzent: „Hähnschenkopf, isch mach disch grade.". Mein Bettnachbar gackerte und ruckte mit dem Kopf vor und zurück. „Frau Bratbecker!", gackerte er mit Hähnchenstimme, „Das verrückte Huhn ist weder da!". „Hoide gipt es Chicken Mc Nuggets, Roberto.", sagte die Farbige und wackelte auf mein Bett zu. „Ja." gackerte mein

109

Zimmernachbar aus seinem Hähnchenschnabel. „Ain bisschen Schbaß muss sain! Der Perverse hier hat seinen Blanco-Scheck noch nicht unterschrieben.".

Die Farbige war mittlerweile vor meinem Bett angekommen. Sie riss sich die Sonnenbrille herunter und sah mich aus leuchtend weißen Augen ohne Pupillen starr an. „Hähnschenkopf, isch mach disch grade!", schrie sie und drehte mir mit einem geübten Griff den Kopf ins Genick. Das Dach stürzte ein, und Unmengen Bauschutt fiel auf uns herunter und begrub uns unter sich.

Am nächsten Morgen fuhr ein Lastwagen mit der Aufschrift „Hähnchenprodukte vom Lande-garantiert biologisch" an einer Umgehungsstraße durch eine Pförtnerschranke hinein in die Mauern unserer Stadt. Der Pförtner winkte freundlich, und schob seinen Kirschbonbon von einem Mundwinkel in den anderen. Die sonnenbebrillte Farbige im gelben T-Shirt mit dem lila Hip-Hop-Cap grinste breit. „Hähnschenkopf, isch mach disch grade!" rief sie freudestrahlend. Der Pförtner nickte, und ließ sie durch. Er hatte bis heute immer noch nicht verstanden, was dieser Satz sollte.

Die Revolte (für Ute Leuner)

Die Uhr schlug metallen und irgendwo tropfte Wasser. Er erwachte. Es war ein Krankenhausbett. Konnte aber auch ein Lazarett sein – oder seine Wohnung. Es schien ihm, als sei er schon immer hier gewesen, als hätte er schon immer das Schlagen der Uhr, das Tropfen des Wassers vernommen. „Jeder" – in einem unendlich langen Moment dachte er das – „legt das Ausmaß" – und der Gedanke „Ausmaß" war sehr gezogen – „seiner Hölle selbst fest": Manchmal war sie banal, selten fatal und bei geringen Fällen amüsant (wenn man Galgenhumor besaß!). In den Dejavus, die er mit diesem Raum verband, hatte es je und je Frauen gegeben, Ärzte, widerscheinende Lichter, lange Bänke mit Verwundeten.

Nein. Heute war es ruhig. Seufzend ging er zum Wasserhahn und stellte ihn ab. Im Staate Ra war es nicht ohne Vorteil, in einem Krankenzimmer aufzuwachen; der Supervisor hatte dann wenig zu tun. Und das war ihm recht. Er mutete keinem Beamten gern mehr zu, als sie ohnehin schon taten. Er war ein guter Staatsdiener. Er roch Gas und warnte seine Nachbarn. Er ging ganz normal zur Arbeit, er passte sich an. Dennoch hatten immer wieder Dejavus von diesem Raum gekündet. Ein Raum wie verpackt und abgesteckt. In jedem Fall fand er sich so gut zurecht wie nicht nach allen Sprüngen. Doch er hatte einen Gedanken. Dieser Raum war eine Strafe. Und in den Vorstadien hatte er zwischen „Wohnung", Krankenzimmer" und „Lazarett" wählen können. Deshalb war er sich auch anfänglich nicht sicher gewesen, wo er nun sei. Ja, eine Strafe. Aber immer noch besser, als zwischen Sarg und Urne wählen zu müssen. Das war auch schon Leuten passiert.

Er zog den Vorhang vom Fenster weg. Draußen war es Nacht und die hellen Augen – Straßenlaternen – sahen zu ihm hinein. Durch die Wände spürte er die Wärme schlafender Körper, aber er empfand sie als schal, er empfand alles, alles schal, weil er selbst den Eindruck hatte, schal zu schmecken, Unwesentliches zu tun! Noch ein Blick auf die Lichter. Stechend. Aber – schneefriedlich. Schneefriedlich, geisteskühl. Und in der Schneefriedlichkeit kommt die Liebe, kommt SIE, im Wintermantel. Vielleicht. Er nahm das Glas, das auf seinem Nachttisch stand, ging zum Wasserhahn und füllte sich etwas zu

Trinken ein. SIE hätte gesagt: „Wie kommst du beim Anblick eines alten, verrotteten Krankenbettes auf solche Gedanken? Schal schmecken tust du? Dann kotzen sie dich wenigstens wieder aus!"

Er saß auf seinem Bett. Der Staat Ra. Diese Errungenschaft. An Zimmern, an einer klaren Struktur der Belohnung und Bestrafung. Und ihm, dem Wassertrinker, kam der Gedanke, dass es im System einen Fehler geben müsse. Und der war innen. Wenn es aber so viele Räume wie Menschen gab, dann lag der Fehler darin, dass diese Räume austauschbar waren. Man konnte sich ja gegenseitig fühlen, sich durch die Wände atmen hören, aber nicht sehen. Der Fehler lag INNEN. Er kannte nur diesen Raum, aber es gab das Außerhalb. Er trank aus.

Ein Bild für Freunde von Modern Art. Es hängt in einer weißen Lounge über einem Esstisch, Titel: „Mann im Bett mit Wasserglas", gemalt von dem derzeit angesagten Künstler „RA".

Aber es *gab* das *Außen* und *der* Fehler *lag* INNEN.

Er roch Gas. Er alarmierte den Nachbarn nicht. Er kappte einen Draht unterm Teppich. RÄUME RA BILDER AUSSEN INNEN.

Die Laterne steht winterkühl, weihnachtshell, die Flocken fallen. Zeit für uns Kinder. Draußen steht SIE.

Der Draht reißt, sprüht Funken. BILDER RA BILDERBUCH DEJAVUS „DER ARME SUPERVISOR" WEISSES ESSZIMMER.

Er geht durch die Schneefriedlichkeit, Licht unter Lichtern. Die Liebe. Da ist sie. Im Wintermantel. Und schon einen respektlosen Witz auf den Lippen.

Die Angst vor dem Weiblichen

Die Angst vor dem Weiblichen flieht aus dem Abgrund,
läuft durch die Stadt auf der Suche nach Erhabenheit,
nach immer höher ragenderen Phallussymbolen,
die immer mehr wie altägyptische,
von Außerirdischen aufgestellte Inkamonolithen aussehen,
und die Abkühlung ihrer Männlichkeit versprechen.
Kirchtürme sind zu warm,
geradezu schon schwul.
Sie drohen mit Herzschlag.

Sie rennt in Bäckereien
und kauft immer reineres Biobrot,
trinkt Weißbier nur noch mit Hefe, und ohne Hopfen und Malz
-denn das könnte ja am Bauch ansetzen,
und einen zum Nazi machen-
steigt dann auf Wasser um
aus immer unverseuchteren Quellen,
ganz ohne Kohlensäure und Mineralien,
weil die ja Steine verursachen könnten,
mit denen man werfen könnte, wenn sie aus der Gallenblase
gerutscht sind,
zum Beispiel auf Polizisten,
oder mit denen man ganze Teile der Innenstadt neu pflastern könnte,
weil sie so schön glatt sind,
dass Jugendliche auch ohne Rollerblades und Skateboards dort
eislaufen können,
wenn die Alster mal im Sommer nicht zugefroren ist,
und überflüssige Rentner sowieso gleich darauf ausrutschen,
und sich den Hals brechen,
statt der Elite im Alsterhaus die teuren Parfüms wegzukaufen.

Sie hastet zum Gängeviertel,
weil sie sich davon überzeugen will,
dass die linke Gegenkultur noch existiert,
da entdeckt sie dort sterile Memorablien derselben,
aufgereiht wie in einem Museum, während ehemalige Linke,
die man als solche gar nicht mehr erkennt,

in Juppieklamotten in den dahinterliegenden
Glasfassadenhochhäusern
in Callcentern und Bürotürmen arbeiten,
um zu rechtfertigen, dass diese überflüssigerweise gebaut worden
sind,
und den Linken dort die Möglichkeit geben,
getrieben und gefoltert von Werbesprüchen
ala „Komm in die Gänge",
den sterilen Juppieklamotten
und den Kurzhaarfrisuren,
diese Hochhäuser nicht gesund, sondern ganz legal krankzubesetzen,
Karriere zu machen, die keine wird,
nur ein Stillstand,
und sie damit vor Selbstekel ob ihrer Selbstverleugnung
dazu zu bringen,
das letzte bisschen Punk und 1968
in ihre lieblos aus den
den linksradikalen Rote-Florastil imitierenden Schrott
gezimmerten Künstlerunterkünfte zu kotzen,
in denen man keine Kunst machen,
sondern nur in der Sterilität von sinnlos aneinandergereihten
Gegenständen und Sprüchen
wie
„Die Revolution braucht keine Ästhetik"
verblöden kann, um sich dann in seinen abends wieder angezogenen
Punkklamotten
wie verkleidet vorzukommen,
und statt Africola und Einbecker Urbock
Fritzlimo und das verhasste Naziwarsteiner zu trinken,
das es im Kiosk daneben zu kaufen gibt,
danach besoffen im Taxi zur Reeperbahn zu fahren,
während die *Sterne* Innenstadtillusionen wahrnehmen,
in den Puff zu gehen, dort nicht bezahlen zu können,
zu pöbeln und dann nach Ochsenzoll in die Resoze zu kommen,
von wo aus man gleich zu Scientology umgeleitet wird,
und feststellt, dass man da schon arbeitet,
aufgibt, um nicht zu sagen kapituliert,
und merkt, dass es im Gängeviertel auch noch durchregnet und
durchschneit,

und man sich eigentlich gleich einen Schäferhund klauen, und betteln
gehen kann.

Von diesem Eindruck noch mehr erschreckt,
rennt die Angst vor dem Weiblichen
zurück in ihre heimelige Vorstadt,
aus der sie in der Jugend geflohen ist,
stellt entsetzt fest, dass man dort
ein Würfel-Kubus-Trabantenstadt-Wohnviertel
für in Ochsenzoll und von Scientology verblödete
ehemalige und sehr reich gewordene Karrierepunks
gebaut hat, die dort
von der Esoterik des magischen Kubus
in die Horrorwelt von Cube,
und dann direkt in eine unheilbare Quadrophenia überführt werden,
ein Krankheitsbild, das nicht mal Ochsenzoll kennt,
und von dem einen eigentlich nur ein Autist wie Tommy
oder das behinderte Mathegenie aus Cube 1 erlösen kann,
damit man wieder lernt, statt in kubistischen Ecken
in Kreisen zu denken,
was man prima beim Mandalamalen einüben kann,
bis man erkennt, dass sie alle nur einen Ring
wie in „The Ring"
ergeben,
man nur noch im Kreis und schon dreimal unter einer Leiter
durchgelaufen ist,
Quader Quadrolsky neben einem
das bayrische Dreamdirndlballett aufgeführt hat
und explodiert ist,
man mehrfach bereits von dem ach-so-netten
autistischen Mathegenie
zusammengeschlagen wurde,
von der Polizei nackt durch das Wohngebietlabyrinth gejagt wurde,
ohne zu merken, dass das das Heckenlabyrinth aus „Shining" war,
und man längst als Jack Torrance gesucht wird,

und dann steht man plötzlich vor einem Brunnen, der auch rund ist,
und das schreiende, schwarzhaarige Mädchen aus „The Ring"kommt
raus,

115

und man kann nicht mehr fliehen.

Da sieht man,
dass sie die Angst vor dem Männlichen ist,
und man steht voreinander,
und schreit sich lautstark
in immer größeren Schockwellen an,
bis das Eis zerspringt,
man(n) gemerkt hat, dass das schreiende schwarzhaarige Mädchen
aus dem Brunnen
eigentlich ganz nett ist und einen nicht umbringt,
frau gemerkt hat, dass sie das „F" jetzt groß schreiben, und auch vor
das Wort „Fuck" setzen darf,
und dass der bleiche Mann da vor ihr nicht ihr Missbraucher ist,
den sie bei metoo angezeigt hat,
sondern ein ganz netter Typ,
und sie fallen nackt übereinander her
und ficken sich bis zum äußersten Touretteuniversum,

sodass manche „Here comes the sun" anstimmen,
die Deutschen von Klimawandel
und die Amerikaner von Hörnerschamenen reden,
und die Chinesen und Japaner von einer Reiskristallnacht.
Soviel Mangareis ist noch nie in einer einzigen Nacht gefroren
und kristallisiert in Europas Kühlregale geschickt worden.

Und es brennt ein Feuer,
und Affen tanzen um einen schwarzen Monolithen,
während die wachen Liebenden
in einem schwarzen Fluss
geil stöhnend in ihr unteres Himmelreich fließen.

Meine Tage sind deine Nächte

Nach einer rauchigen Nacht wachte Quader Quadrolsky gegen sechzehn Uhr in seinem unordentlichen Zimmer auf. Berge von benutzter Wäsche türmten sich in der Osthälfte seiner Wohnstatt, während in der Westhälfte ausgetrunkene Flaschen mehrerer Alkoholika sich den Platz teilten mit vollgeaschten Aschern und dicken Manuskripten.

Quader griff nach einer Whiskeyflasche und nahm einen tiefen Schluck. „Guten Morgen, Lady Whiskey!", raunte Quader mit seiner tiefen, rauhen Stimme, die weniger an Tom Waits erinnerte, als vielmehr an ein erkältetes Eichhörnchen, „Heute mach ich Studien für meinen neuen Roman!"

Quadrolsky wollte einen Naturroman schreiben, daher inspirierte er sich nur mit unnatürlichen Substanzen. Zunächst, um entspannt draufzukommen, setzte er sich einen Schuss Heroin. Um dennoch bei Bewusstsein zu bleiben, balancierte er seinen Gehirnstoffwechsel mit etwas Koks und Speed aus. Ein Silberreiher flog über den See in Quaders Wohnzimmer, Grillen zirpten und die Kuh auf seiner Toilette muhte herzhaft. Das Schleuderprogramm zeitigte vollen Erfolg.

Ein Diplomat mit grünem Schädel brachte Quader sein Telefon: „Herr Quadrolsky, ihre Freundin ist dran." Quader riss dem Diplomaten den bumsfidelen Apparat aus der Hand und murmelte sirenengleich in die Muschel: „Muschi, komm so gegen einundzwanzig Uhr, dann kann ich deine Elvira verwöhnen, äh, du weißt ja, was ich meine!". Quadrolsky warf das Telefon aus dem Fenster und schob sich zwei Scheiben Knäckebrot in den Hintern, denn er mochte dieses rauhe Gefühl. Es stimulierte ihn sexuell, und das brauchte er jetzt. Er wollte über Bienen schreiben. „Honig ist Bienenkotze…", murmelte er. Ja, das war ein idealer Anfang für seinen Roman. Quader zog sich nun gänzlich nackt aus und vollführte ein paar Luftsprünge im Wohnzimmer. Dann jonglierte er ein bisschen mit Sammeltassen.

Neulich war er bei seiner Tante Erdmuthe zu Gast gewesen, aber das nur am Rande.

Quader bestieg linksfüßig einen Heißluftballon und flog über die schleswigmeckleniedersächsische Landschaft. Heißa, das wird der beste Nahtürroman seit Fontanes „Wanderungen durch die Marx Brandenburg". Quader frohlockte gleich einem Kibitz und stieg nach dreieinhalbsekündiger Fahrt aus dem quietschorangen Taxi aus. Er war in New York, 5th Avenue West. Am Straßenrand kauerte Bob Dylan und blies den Wind durch seine Mundchaotica. Er sah Quader scheel in die Augen und sang: „Ich akzeptiere das Chaos, aber ich weiß nicht, ob es mich akzeptiert." Quader zahlte seine Rechnung an einen niederländischen Clown und stieg in ein Wasserbad, um seine Eier hart zu kochen. Denn seine Freundin Elvira bestand darauf. In weichgekochten Eiern könnten noch Salmonellen oder andere Lachsprodukte schlummern.

Nathan, der weiße Neger Wumtata stimmte einen Jazzschlager an, worauf sich die Tanzfläche füllte. Sieben Giraffen und drei Rehe führten erst das bayrische Dreamdirndlbalett, und dann einen Balztanz auf, aber da sie alle weiblich waren, entstand dabei kein Nachwuchs. George suchte seinen Dabbeljuh, er hatte ihn in einem Bush verloren. Knallgelbe Gurkentiere meierten um die Wette und der letzte musste den zurückgebliebenen Schaum aus der Bierflasche schlürfen.

„Moment.", ließ sich Quader vernehmen. „Zeit für ein erotisches Intermezzo!"

Muschi und ihre Elvira Minka waren mittlerweile in seinem Apartment aufgetaut. cht. Elvira zog sich ihren Oberkörper aus und liebkoste mit sündigem Klingeln Quaders Ohrmuschel. Muschi rieb sich derweil am Kratzbaum, was Quader sehr stimulierte, wenn auch mehr prophylaktisch. Elvira schob ihre Nebenniere apart in Quaders Apparat, was ihn nahe an einen Organismus brachte, den er jedoch gekonnt noch sechseinhalb Millisekunden hinauszögerte, um ihn organisch organistisch Oregano und Aragorn um die Ohren zu orgeln. „Danke, Elvira, das hab ich gebraucht.". „Und wer denkt an mich!", jammerte Elvira, „Du denkst doch immer nur an deinen Kunstscheiß!". Damit schnappte sie sich Muschi und ging ins kölnisch Wasser. Quader goss noch etwas Natronlauge hinterher, damit auch keine Spuren von ihrer Leiche blieben.

Traurig starrte Quader aus den Fetzen seines Zimmerfensters. Was sollte er ohne Elviras Muschi anfangen? Er beschloss, einen traurigen Liebesroman zu schrauben oder vielleicht ein feucht-fröhliches Waldraumabentower. Nachts könnte er sich mit Scherlogg Holmes ins Pendragon einloggen und König Arthurs Tafelrunde über Eck ins Tor scheißen. Mehr Lin inklusive. Fragte sich nur, woher er soviel Apfellimonade herkriegen sollte, obwohl Avalon ja schließlich die Äpfelinsel war.

So langsam ließ die Wirkung des Speeds nach und Quader Quadrolsky beschloss, ins Brett zu gehen. Nur echt mit zweiundfünfzig Zehen. Oder Feen. Er seufzte. Heute war wieder ein sehr erfüllter Tag gewesen. Einer dieser Tage, an denen man den guten Rad neuerfinden konnte, vielleicht sogar blauerfinden konnte.

Quader Quadrolsky hielt sich an einer verglimmenden Zigarettenkippe fest und schief langsam eins zwei drei vier fünf weöjtlmsfgkrgjkörgök   rgö   krhgk lhgklr3ghlrghlghlrghrlghlrgtlhriigo4thio4ri4kkiffn

Liebe Macht's Möglich. Ab morgen in drei Farben in ihrem Lidl.

Damals war es nicht Friedrich

Es war ein grauer Januarmorgen des Jahres 1986. Friedrich packte zuhause seinen Aktenkoffer zusammen. Es war eigentlich mehr eine Aktentasche, eine schwarzlederne. Sie sah eher altmodisch aus, und wurde von den meisten von Friedrichs Kollegen verlacht. Aber das war Friedrich egal. Er wollte mit seiner ledernen Aktentasche auch gegen die eckigen Plastikkoffer der meisten seiner Kollegen protestieren. Er arbeitete in einer Resozialisierungsmaßnahme für psychisch Kranke, an einem der damals neumodischen Computer, um ihn für die Büroarbeit zu schulen. Eigentlich war er Altsprachler und hatte einmal Lateinlehrer werden wollen, aber da war ihm einiges dazwischengekommen. Vielleicht wäre er auch lieber psychedelischer Rockmusiker geworden, aber das traute er sich schon gar nicht mehr zu denken. Jedenfalls fand er sowohl diese hochtrabenden Yuppie-Bürokoffer, als auch die Nadelstreifenanzüge und die Krawatten seiner Kollegen eine einzige Selbstverleugnung und eine willenlose Anpassung an den Zeitgeist. Immer wieder freute er sich über sein flauschiges Cordjackett und seine schöne, angenehm duftende Ledertasche. All das gab ihm ein warmes, heimeliges Gefühl.

Friedrich war ein Linker, der Anfang der 70er Jahre noch mit vielen seiner Generation auf den Straßen gegen die Aufrüstung und den Vietnamkrieg protestiert hatte, und der sich zu den Hippies zählte. Er glaubte an eine bessere Welt, an Umarmungen auf der Straße, an die kosmische Liebe und an Jesus Christus, auch, wenn das unter seinen meist marxistischen Kommilitonen nicht so gern gesehen war. Und er rauchte gerne mal einen Joint. Irgendwann im Jahr 1973 war er versehentlich statt auf einer Friedensdemo bei einem Aufmarsch gewaltbereiter Kaninchenzüchter und Robbenschlachtungsbefürworter gelandet, und, weil er vorher mit LSD eingeriebenes Gras geraucht hatte, war er etwas ausgeflippt und hatte mitgeprügelt. Daraufhin war er verhaftet und tagelang verhört worden, unter anderem darüber, was er über weitere Mondlandungspläne der Sowjets und Amerikaner wisse. Nachdem die Polizeibeamten zweifelsfrei geklärt hatten, dass es sich bei Friedrich um einen Linken handelte, der Cream und Bob Dylan hörte, und der sogar einmal Andreas Baader ganz kurz auf der gegenüberliegenden Straßenseite hatte vorübergehen sehen, schlugen sie ihn nach Strich und Faden auf der Wache zusammen und sperrten ihn in eine der Einzelzellen. Als Friedrich nachts jedoch ziemlich erbärmlich schrie, kamen sogar diese routinierten Beamten auf die Idee, dass die Schläge auf den Kopf, die sie Friedrich mit ihren Knüppeln gegeben hatten, vielleicht nicht so gesundheitsförderlich für ihn gewesen waren. Sie riefen einen Polizeiarzt an, der gut 7 Stunden später auch kam. Er untersuchte Friedrich, stellte schwere Prellungen am Kranium und mehrere Gehirnerschütterungen fest, und riet den Beamten, Friedrich gehen zu lassen. Murrend sagten die beiden Diensthabenden, dass es sich bei Friedrich um eine möglicherweise gefährliche Person handele. Der Arzt sprach ein Machtwort: „Wir können als deutscher Staat nicht allen unseren intelligenten Studenten immer auf die Köpfe knüppeln. Das wird sich irgendwann rächen." Draufhin nähten die Beamten Friedrich in aller Schnelle noch eine Ortungssonde in das Futter seiner Hosentasche ein und fuhren ihn auf Staatskosten nach Hause.

Am nächsten Morgen ging Friedrich wie gewohnt in die Uni, merkte aber plötzlich, dass er nicht mehr wusste, wer er war, und was er hier wollte. Seine Profs und Kommilitonen waren zutiefst erschreckt und schickten ihn zum Arzt. Dieser vermutete erst eine Dementia interuptus (Spontandemenz), dann einen Abusum Schmusum (zu heftig sexuell aufgeladenes Friedensumarmen auf einem Be-In), und schließlich eine Nasa Interstasiasa (von russischen Winterviren hervorgerufene Nasennebenhöhlenentzündung, die aufs Gehirn gedrückt habe). Auf dringenden Rat des Arztes wurde Friedrich in die Psychiatrie eingewiesen. Dass dieser Arzt (Dr. med.Dr.phil.Dr. dent.Dr.Dre A.Postel) eigentlich suspendierter Postbeamter und ein stadtbekannter Schwindler war, kam erschwerend hinzu.

In der Psychiatrie kehrten zwar Friedrichs Erinnerungen zurück, diese wurden ihm aber als schizophrene Paranoia ausgelegt, denn es gäbe ja nur nette Polizeibeamte, und auf den Straßen werde nicht demonstriert, sondern spazierengegangen. Außerdem gäbe es keinen Grund, an den Vordiagnosen des sehr bekannten und hoch vertrauenswürdigen Dr. A. Postel zu zweifeln. Das seien zwar alles neue Diagnosen, die man noch nicht so genau kenne, aber an diesem

„honorigen Kollegen" könne es keinen Zweifel geben, und diesen Zweifel zu erwägen, sei „respektlos, renitent und uneinsichtig, und würde zudem auf eine narzisstische Persönlichkeitsstörung und massive Probleme mit Autoritäten hindeuten", was man Friedrich dann bei seiner Entlassung auch noch zusätzlich in den Arztbrief schrieb.

So kam es, dass Friedrich zu einem von Wiedereingliederungsmaßnahme zu Wiedereingliederungsmaßnahme tingelnder Mensch wurde, der zusehends mehr Zweifel an und Wut auf den deutschen Staat hatte, als noch in seiner Studentenzeit, und damit auch immer bereiter dafür wurde, sich wirklich an einer Revolution zu beteiligen. Aber das erzählte er niemand.

An jenem Januartag hatte er jedoch ungewöhnlich gute Laune. Er hatte sich an seinen alten Freund Paddel erinnert, der einmal für ihn den Antiwetterfühligkeitssong „Grauer Tag, den ich so mag" gedichtet hatte, und mit dem er viele schöne Erinnerungen verband. Am Abend vorher hatte er sich in die Lektüre von George Orwells „1984" vertieft, und darin tatsächlich eine beinahe prophetische Beschreibung der Situation der 80er Jahre entdeckt, obwohl das Buch schon 1948 geschrieben worden war. Es ging um in einem Überwachungsstaat roboterartig arbeitende Büromenschen, denen Gefühle und vor allem Liebe verboten war, und um einen Büroangestellten, der sich trotzdem verliebt. Es erinnerte ihn auch ein bisschen an den Roman „Clockwork Orange" von Anthony Burgess.

Wie er erfahren hatte, würde heute, am 28. Januar 1986, die Raumfähre „Challenger" ins All starten, was er und seine Kollegen sich am Bildschirm eines Computers ansehen wollten. Das war zwar nicht ganz legal, weil einer der Kollegen dafür eine Computerverbindung zur NASA und zur CNN herstellen musste, und es solche Bildübertragungen auf Computerbildschirmen ja offiziell damals angeblich noch gar nicht gab, aber sie hatten dort in Friedrichs Büro ja keinen Fernseher, und Friedrichs Kollege war ehemaliger Angestellter eines deutschen, wissenschaftlichen Institutes, und hatte sich rückversichert, dass er das dürfe.

Schwungvoll betrat Friedrich das kastenförmige, graue Büro. Alle seine Kollegen aus der Wiedereingliederungsmaßnahme waren bereits um den Bildschirm in der Raummitte versammelt. Friedrich setzte sich. Freundlich reichte Janusz Josolz Schosolz, ein langhaariger Pole, der immer behauptete, in der Psychiatrie hätte man ihm einen Phantasienamen verpasst und ihm diesen offiziell in den Pass eingetragen, einen Kaffee. Auch Andy Ann Reas, der sich damals in einem zähen Ringen mit den Behörden befand, ihn endlich als beidgeschlechtlich eintragen zu lassen und Peter Pa Casetti, der immer wieder steif und fest behauptete, dass er bis vor wenigen Monaten noch immer unter dem Namen Peter Pasetti die Erzählerstimme auf den „Drei ???"-Kassetten eingelesen habe, sahen voll Spannung auf den Computerschirm. „Weißt du was?", sagte Peter, „die arbeiten zur Zeit an einem neuen Computerprogramm für einsame Singles, das sich mit ihnen unterhalten können soll. Es soll „Alex und Alexandra" heißen und mit den Stimmen von Peter Alexander und der Sängerin Alexandra sprechen.". „Naja", grinste Friedrich, „Wer braucht denn sowas. Es gibt doch Menschen.".

Just in diesem Moment kam die schöne, dunkelhaarige und glutäugige Maria Mesmereiser Moesulalie herein, die immer eine elektrisch knisternde, funkensprühende und auf manche Männer magnetisch wirkende Stimmung im Büro verbreitete. „Hey, Jungs, was geht denn, was steht denn?", fragte sie mit ihrer samtigen und dennoch neckischen Stimme. Janusz klopfte dreimal auf den Tisch. Das war das verabredete Zeichen für den dann obligatorisch erfolgenden, gemeinsamen Spruch. Die Männer holten tief Luft, dann riefen sie wie aus einem Mund: „Manches ab, manches steif!"

Friedrich, der wie immer den richtigen Einsatz verpasste, verzog die Mundwinkel. Er fand diesen Spruch unendlich abgeschmackt und chauvinistisch. Außerdem war er sehr in Maria verliebt, und litt darunter, dass sie andauernd mit allen ins Bett ging, nur mit ihm nicht. Diesmal merkte sie es jedoch sofort. „Hey, Mr. F. Willst du heute mal mein Fucker sein? Heute ist doch Freitag, der Feiertag der Forellenesser. Das ist dann dreimal F. Wär doch passend. Und du bist doch frei wie'n Fickfisch!" . Friedrich wurde rot. Ja, er liebte Maria. Aber ihre zwanghafte Angewohnheit, in Stabreimen zu sprechen, fand er schon etwas nervtötend. Dennoch griff er kurz hinter sich und erhaschte ihre warme und angenehm feuchte Hand. „So, nun ist Schluss mit den Zoten. Das Programm beginnt gleich!“. Zonrad Zahnrad Zuse, der ehemalige wissenschaftliche Angestellte, den alle hier nur „Zonrad aus der Zonservenbüchse“ nannten, weil er aus der ehemaligen Ostzone kam (aus Ostberlin, um genau zu sein), trat hinter Friedrich und langte zum Computer herunter. „Wie war nochmal das Passwort?“, fragte er. „Krieg mich!“ grinste Maria schelmisch. Zonrad, der mit seinen 65 Jahren hier der Älteste war, und nicht mehr so auf Sexabenteuer stand, grummelte vor sich hin: „Wie üblich. Die Moesulalie. Mesmerisierend wie immer.“

Mit flinken Fingern tippte er das Passwort in die Tastatur. Ein Sichtfenster ploppte auf dem Bildschirm auf und gab den Blick frei auf die opulente „Challenger“. Sie war bereits am Starten und der Countdown lief. „5, 4, 3, 1, zero…Ignition! Shutdown.“ , sagte die verzerrte Radarstimme. Da sprang Friedrich wie von einem Geistesblitz getroffen auf. „Was?“, rief er, die sagen beim Countdown ‚Ignition‘? Das heißt ‚Heiligung‘!“.

„SHUTDOWN!!!“ rief die Radarstimme plötzlich ganz laut. Und zwar direkt aus dem Lautsprecher an dem Computer in dem Wiedereingliedrungsbüro. Auf dem Bildschirm erschien überlebensgroß das Gesicht eines NASA-Mitarbeiters. Maria kreischte entsetzt, Janusz drehte seinen Kopf von rechts nach links, Andy rief erst mit Männer-dann mit Frauenstimme „Heilige scheiße!“ , Peter begann hektisch, die Dreifragezeichenmelodie zu summen, und Zonrad gab ein laut zischendes, entsetztes „Zasssssss!“ von sich. Friedrich fiel der Kaffeebecher runter.

Der Mann auf dem Bildschirm erschrak ebenfalls. „Who the hell are you!?“ rief er mit heiserer, bellender Stimme. „Er kann uns sehen…“ murmelte Janusz fassungslos. Friedrich, der noch unter Schock stand wollte wahrheitsgemäß „Friedrich“ antworten, hatte aber noch Maria und das Passwort im Kopf, öffnete den Mund, und stammelte „Krieg mich!“ „Kriegslist?“, fragte der NASA-Mitarbeiter erschrocken, und drehte sich zu seinem neben ihm sitzenden Kollegen um. „He said the word ‚Kriegslist‘. I guess, the germans are planning a war again.“ „Jesus!“, rief dieser erschreckt. „Er hat mich erkannt!“ entfuhr es Janusz. „Ich hab doch immer gewusst, dass ich Jesus bin!“.

Der NASA-Mann starrte angestrengt auf seinen Bildschirm. „This long haired guy here on the other side just said, that he was Jesus.", sagte er aufgeregt und hektisch zu dem neben ihm Sitzenden. „I knew it from the start. At some time we would touch heaven with our flights into space. This whole programm is a sin. We gotta stop this right now!" Wütend holte er aus und zertrümmerte mit der geballten Faust das Schaltpult vor sich.

Da gab es einen gewaltigen Knall. Das Bild wechselte. Die „Challenger" war explodiert und stand in Flammen. Im selben Moment gab der Computer des Wiedereingliederungsbüros einen kleinen Blitz von sich, und der Bildschirm implodierte. Urplötzlich sprang ein Radio, das auf einem Regal stand, an. Dröhnende E-Gitarren ertönten. „Hey, hey, hey, hier kommt Alex! Vorhang auf für seine Horrorshow!" sang Campino von den Toten Hosen, und das Radio kippte vom Regal. Auch eine Uhr und eine Orange plumpsten herunter und landeten auf dem Boden.

Schreiend liefen alle Mitarbeiter nach draußen. Hektisch rannten sie die sieben Stockwerke des Bürogebäudes hinunter und liefen auf die Straße. Draußen herrschte ein einziges Chaos. Menschen rannten wie aufgescheuchte Kaninchen durcheinander über die Gehwege und auf die Straßen, Autobremsen quietschten, und am Himmel kreisten Polizeihubschrauber.

Friedrich stolperte vorwärts. Er rannte genau in einen Polizeibeamten hinein. „Halt!", rief dieser. „Wie heißen sie? Können sie sich ausweisen?" Friedrich war bleich wie ein Käsekuchen geworden. „Kriegslist.", stammelte er. „Kriegslist Kriegmich Kaffee." Der Polizist grinste malziös. „Na klar.", sagte er. „Und ich heiße Willi Walter Weltuntergang! Kommen sie mal mit.".

Ein noch unbekannter Schriftsteller, der am Straßenrand stand, hatte diesen Dialog mitbekommen. Er lachte. Das wäre doch ein guter Einstieg in eine total verrückte Geschichte. Er suchte in seinen Jackentaschen, fand schließlich einen Zettel und einen Kugelschreiber, und notierte schmunzelnd „W.W.W." und „K.K.K.". Dann setzte er begeistert und voller Ideen seinen Weg durch das Gedränge fort und sah lachend auf den kleinen Zettel, während ihn von ganz weit oben aus dem Weltall, knapp über der Erdatmosphäre, ein Überwachungssatellit filmte.

„Und dass so was von sowas kommt…" (Nena, „99 Luftballons")

Treppenhaus auf Davor,
kurz tavor und schräg dahinter

(Unerlaubtes, verfälschtes Remake der Kurzgeschichte von Patrick Rabe, am Ding gedreht von ihm selber nach den Regeln der Dogmafilmer)

 **eute ,**

als ich in meinem Mietshaus vor die Tür meines Apartments trat, sah ich einen Bauarbeiter mit einer Leiter ins Haus kommen, der beim Eintreten gleich die Glastür irreparabel beschädigte.

Ich ging zu ihm herunter und fragte ihn, was das solle, und wer ihn hereingelassen habe. Da erkannte ich, dass der Bauarbeiter Lars von Trier war.

Er grinste. „Ich drehe gerade ein Remake von Bernardo Bertoluccis *Die Träumer*. Aber diesmal streng nach den Dogma-Film-Dogmen. Nur an echten Schauplätzen, mit Handkameras und ohne mystisches Brimborium. Thomas Vinterberg, der mittlerweile in der katholischen Kirche aufgestiegen ist, hat mich per Enzyklika dazu dogmatisch verpflichtet. Die Szenen auf der Fridays for Future-Demo sind bereits abgedreht.".

Im Untergeschoss öffnete sich eine Tür. Ein geistig behindertes, schwules Pärchen mit Eistüten in der Hand kam heraus und rief: „Was? Ihr habt abgedrehte Szenen auf der FFF-Demo gedreht? Finden wir ja 666! Dürfen wir die mal sehen? Wir sind Loby und Koby. Wir sind Loby und Koby". Die Tür rechts daneben öffnete sich. „Was? Ihr könnt endlich sehen?", schrie der Scientologe mit den leeren, gehirngewaschenen Augen, „Dann könnt ihr doch endlich anfangen, vernünftige Dinge zu sagen. Sowas wie: Fupp, Fupp, Faruselski.". „Ihhhhhhh!", schrien Loby und Koby. „Alfred Ill ist wahnsinnig geworden. Wahrscheinlich kommt heute Clear Zachanassian, die kalte Dame." .

Lars von Trier erschrak und kippte mit seiner Leiter die Treppe hinunter, wo das schwule Pärchen sich um ihn kümmerte, indem sie ihm ihr Erdbeereis kühlend ins Gesicht schmierten.

Unter Gekreisch öffnete sich nun auch die linke Tür. Isabel und Theo aus *Die Träumer* kamen nackt herausgelaufen, und Theo fiel seine Auflaufform mit dem Restessenauflauf aus der Hand. „Wir haben die Demo verpasst?", schrie Theo. „Das ist wieder typisch. Meine Schwester wollte sich gerade wieder selber umbringen, indem sie sich meinen Schwanz als Gashahn um den Hals gewickelt hat.".

Lars von Trier stand urplötzlich hochinteressiert kerzengerade – um nicht zu sagen luntengerade- wieder auf beiden Beinen. „Könnt ihr das gleich nochmal machen?", fragte er. „Ich filme das sofort. Kommt in meinen neuen Film. Ich wollte dafür eigentlich Schauspieler nehmen, aber ihr könnt das bestimmt gut.". „Wir *sind* ihre Schaupieler!", sagte Isabel mit schmachtenden Lippen.

Die zerdepperte Eingangsglastür wurde geöffnet. Bauarbeiter kamen herein. „Aha.", rief Lars von Trier, „Meine Filmcrew.". „Nein.", sagte der eine Bauarbeiter. „Wir sind die Kriminalpolizei. Wir suchen einen Mann mit Erdbeereisgesicht.". „Den haben wir hier nicht gesehen.", sagte Lars von Trier, und wischte sich sein Erdbeereis vom Gesicht. „Wir drehen hier nur einen Dogmafilm, ohne Gewalt und pornographische Elemente.". Der Beamte in der Bauarbeiterverkleidung runzelte die Stirn. „Laut dänischem Gesetzbuch darf man in Innenräumen aber nur Dogmafilme *mit* Gewalt und pornographischen Elementen drehen.". „Umso besser.", lachte Lars von Trier, und schob sich seine Bauarbeitermütze aufs linke Ohr (und kam sich höchst gefährlich vor).

Die beiden Bauarbeiter verließen das Haus und schmissen die Glastür so doll ins Schloss, dass sie gänzlich kaputt ging. Der Hausmeister mit seiner Bergmannslampe kam von oben. „Oh!", rief er, „Ihr habt ja meine Leiter. Dann kann ich ja endlich das Remake von *The ring* weiterdrehen. Coronagerecht ohne Chinesen und Japaner.". Da flog urplötzlich die Kellertür auf. Der totgeglaubte Bernardo Bertolucci kam im Rollstuhl angefahren, mit einer Schrotflinte im Anschlag. „Ihr Schweine!", schrie er. „Ich bin John Shooter! Ihr klaut Steven King und mir alle unsere Filmideen!". Er legte die Schrotflinte an, und schoss.

Irgendwo im selben Haus standen Kurt Cobain, Courtney Love, Jimi Hendrix und Jim Morrison gemeinsam unter einer Dusche, die sie als Decke tarnten. „Gut, wenn man im Leben was kapiert hat.", grinste Courtney. Dasselbe dachte sich auch Norman Bates.

Mit Frauenperücke auf dem Kopf und gewetztem Messer in der Hand stand er vor der Tür, aus der die Duschgeräusche kamen. Er musste nur noch herausfinden, was das Wort „Eute" in dem Brief bed-eutete, den ihm Dracula heute geschickt hatte.

Die Landkommune des Teufels

Ich fuhr langsam auf dem Lost Highway hinein nach Craxtone Village, meiner kleinen Heimatstadt. Ich kam vom Steel Castle in Greenhills zurück, wo ich eigentlich hatte leben wollen. Die Universität, wo ich dort studierte, trug den Namen Whitecover.

Abgesehen davon, dass ich den Hügel in Greenhills nicht besonders grün fand, war es dort ganz angenehm. Ich studierte siebeneinhalb Silvester Musiktheorie mit Praxiseinlagen, die vor allem in Turnübungen und Rock'n Roll-Aerobic in und vor Betten bestand, dass einem die Ohren nur so klingelten. Nur manchmal, wenn unser Prof hereinkam, kippten wir das Bier, das wir gesoffen hatten, ins Chili con Carne und holten unsere Geigen, Celli und Querflöten heraus. Der Prof, ein Mann namens Hedold Harakiri nahm dann stets einen Löffel von dem Chili con Carne und sagte: „Ihr macht was falsch. Das Essen ist gut. Aber die Musik ist zu leise.". Und immer wieder schlich unser Prof hinter uns durch die Gänge und murmelte mit leiser Stimme: „Tut immer, was ihr wirklich wollt. Irgendwann kommt die Reifeprüfung. Und die legt kein Prof ab.".

Eines Tages kamen zwei Schwestern an die Universität, von der man munkelte, sie seien mit Harakiri verwandt, und er hätte ihnen den Studienplatz besorgt. Sie hießen Balista und Baretta, zwei absolut scharfe Geschosse, man nannte sie unter uns Studenten kurz die Ba-Ba-Sisters. Allerdings konnten sie nicht viel mehr, als in ihren Studentinnenbuden im Bett liegen, und sich gegenseitig massieren. Das war selbst der betagten und etwas tüdeligen Gesangslehrerin Greta Grätsche zu wenig, und eines Tages bat sie mich, den Mädels mal zu zeigen, wie man die Mundwinkel auseinanderbekommt.

Also ging ich klopfenden Herzens in das gegenüberliegende Internatsgebäude und erklomm den 6. Stock. Eigentlich hatte ich mit der geforderten Übung keine Probleme. Einfach mein Balisto auspacken, es barettamäßig hin und her zu schwenken, und schon gingen den Mädels vor Staunen die Münder auf. Doch diesmal schwante mir Übles. Wie sollte meine Nummer bloß hinhauen, wenn die beiden Mädchen schon so hießen?

An der Tür hing ein Plakat vom Bois de Bologne. Ich klopfte. Die Tür fiel auf und ich stürzte in eine unendliche Tiefe.

„Du lügst.", sagte das blonde Mädchen. „Fick mich auf der Toilette!" schrie das braunhaarige Mädchen.

Die Braunhaarige zog mich in die Toilette und die Blonde sperrte von außen ab. Dann drückte mich die Braunhaarige mit dem Kopf nach unten ins Klosett und schrie: „Kannst du da unten Hitler sehen?" „Nein!", schrie ich. „Das ist nur ein Klo.". Im selben Moment schlug die Blonde mit voller Wucht irgendeinen Gegenstand gegen die Toilettentür. Die Braunhaarige stopfte mich tiefer ins Klo, und schrie: „Kannst du da unten Hitler sehen?". „Nein!" schrie ich. „Du hast einen an der Marmel!". Da schlug die Blonde von draußen einen noch schwereren Gegenstand gegen die Tür. Die Braunhaarige packte mich an den Beinen und schrie: „Dann bist du wahrscheinlich selber Hitler!", und drückte mich tief in den Abfluss des Klos. Im selben Moment donnerte die Blonde den ganzen Zimmerschrank gegen die Toilettentür und wir stürzten alle noch ein paar Stockwerke tiefer.

Dort war es ganz dunkel. Irgendwann erhob sich ein massiger, farbiger Mann, den ich als den Boxer Mike Tyson erkannte. Er kam ächzend auf mich zu. „Sie haben doch einmal einen Boxkampf gegen mich verloren?", fragte er. „Nicht, dass ich wüsste.", antwortete ich. „Doch, doch.", sagte er. „Ich sehe es ihnen an der Nase an. Sie sind dieser Italiener, Spinatus Spirelli.". „Keineswegs.", protestierte ich. „Doch.", sagte er. „Sie haben gegen mich verloren, und mir angeboten, als Gegenleistung einen ganzen Kübel Scheiße zu fressen.". „Das wüsste ich aber.", sagte ich.

„Sträub dich nicht!", schrie Mike Tyson, packte mich und schleifte mich zu einer riesigen Tonne mit vergorenem Schweinekot. Dann tauchte er mich kopfüber in die Tonne und schaufelte mir mit einem riesigen Löffel bergeweise den dampfenden Kot in den Mund. Immer wieder übergab ich mich, und wurde von Mike Tyson dazu gezwungen, auch den ausgekotzten Kot noch einmal zu essen. Nachdem ich mit der Ersten Tonne fertig war, holte er noch eine zweite, die genauso groß war. Ich fiel in Ohnmacht. In purem, entfesselten Hass schlug und trat Mike Tyson mich daraufhin zusammen.

Professor Harakiri sah mich nachdenklich durch seine Brillengläser an. „Sie brauchen Urlaub, James.", sagte er. „Ich heiße nicht James.". entgegnete ich. „Ach, wissen sie", sagte Professor Harakiri gelangweilt, „Man lebt nur fünfmal. Und dann muss man irgendwann immer nur noch auf Kuren gehen. Bis man dann zu „M" wird, und James Bond eine Kur empfiehlt. Aber ich gebe ihnen noch etwas mit. ‚Siddharta' und ‚Klingsors letzter Sommer' von Hermann Hesse.".

„I've been through this movie before", dachte ich, als ich in das kleine Nest Craxtone Villiage zurückfuhr. Irgendwann musste der Alte echt den Verstand verloren haben, und vor lauter Demenz schon nicht mehr peilen, dass das mein Heimatort war. Ich kannte sowohl das Knacken und Tönen des Windes im elektrisch aufgeladenen Sommergras, als auch den Krackston, wenn der Crack in the Ice unter den Füßen anzeigte, dass man jetzt besser den zugefrorenen See oder die meyer'sche Brücke verlassen musste.

Und wirklich, was musste ich feststellen? Der Alte hatte in der stillgelegten Kirche eine Landkommune aufgemacht, gab sich mal als Pastor, mal als Postbote und mal als Bürgermeister aus, und ging jeden Abend stockbesoffen durch die Gemeinde. Als er wieder mal aus der Kirche herausgeschlurft kam, und lallend den Bürgersteig entlangging, schlich ich mich zur Kirchentür und öffnete sie.

Strahlend kamen Laura und Lassolinda heraus, die man im Ort nur die La-La-Schwestern oder die La-dys of the La-ke nannte, und die Jugendfreundinnen von mir waren. Als alte Freunde fielen wir uns um den Hals, ich löste das Lasso von Lindas selbigem, und wir peitschten uns gegenseitig nackt aus. Das fand niemand merkwürdig außer der jungen Gemeindekantorin Greta Grätsche, aber die ging dann auch nur noch kopfschüttelnd weiter und guckte mit Pastor Hustbert Hustler die DVD-Version von „Lolita", hörte mit ihm dazu das weiße Album der Beatles, popelte hinter dem weißen Cover massenhaft Einlegebätter mit schwarzgedruckten Texten hervor, die sie träumerisch versunken las, und den halben Film dabei verpasste. Als Humbert Humbert in der vorletzten Szene Clare Quility erschoss,

132

schrak sie auf, merkte, dass Pastor Hustler einen Herzinfarkt bekommen hatte, und rief den Landarzt an.

Als Hustler dennoch verstarb, bevor er eintraf, schlenderte sie zur Kirche zurück, sah mir und den beiden La-La-Schwestern eine Weile beim Sex zu, dann bekam sie Lust, mitzumachen, und wir vögelten auf dem Rasen, dass sogar die Toten Hosen wieder Liebeslieder sangen. ‚Revolution Number 9' ertönte vorwärts in voller Länge, ohne dass jemand an die 6 dabei dachte. Das passiert immer, wenn man dazu Sex macht, und nicht Sharon Tate ermordet.

Einige Etagen tiefer wurde Hustbert Hustler dann nicht müde, allen zu erklären, er wäre vor Langeweile gestorben, weil in dem Film überhaupt kein Sex vorkam. Sogar Hugh Hefner erzählte er das. Aber auch diesem entlockte diese Geschichte nur noch ein mildes Shining. Donnernd brach Steel Castle in sich zusammen und krachte in den grünen Hügel hinein. Dort wurden ein roter und ein weißer Drache in ihrem Ringkampf gestört, und irgendjemand brachte den Knaben Merlin herbei, um dieses Phänomen zu erklären.

Bluesgesichter
„Deine Freunde sind im Radio, befrei sie!"

Ich sitze wieder in der Kneipe, dem Ort meines Vertrauens,
und alte Hippies diskutieren dort die Kunst des neuen Schauens.
Ein Bärtiger kratzt ein Kaugummi von der Sohle seines Schuhs,
ein Radio knarzt irre Töne, Muddy Waters singt den Blues.

Ich trinke einen heißen Kaffee, ja, Freunde, ohne Schuss(!),
und seh' vor meinem Geist den Muddy in einem Greyhoundbus.
In meiner Seele Sklavensänger und Robert Johnsons Gift,
die Kraft des Blues erfasst mich und fließt heiß durch meinen Stift.

Ich muss noch heiße Verse schreiben, heißer als die Nacht,
Blues ist der wahre Todbezwinger, wenn Jimi Hendrix lacht.
Drum labt euch an den Sündenblumen, solange ihr noch könnt,
und trinkt das Blut des Heidenjesus, wenn Robert Johnson brennt.

Ein Song, so heiß wie Nuttenliebe, wenn Jim ejakuliert,
macht mich zum neuen Minstrelsänger, der nicht mehr Winters friert.
Dort, wo ein wildes Höllenfeuer die Toten auferweckt,
und sich Bob Dylan grinsend schon die nächste Chesterfield ansteckt.

Dort seh ich weite Baumwollfelder, oh when the whip comes down,
Hör Jesus, Moses sie beschwören, die schwarzen Sklavenfrau'n.
The voice of freedom, ja, die prägt den Blues und Gospel so,
Mit Luzifer und Jesus Christ: „Oh, let my people go!"

Die Freiheit haben sie gewollt, sie haben sie gekriegt,
Südafrika, Amerika, sie haben doch gesiegt.
Und viele weiße Seelen singen den Blues genau wie sie,
befreien sich mit seiner Kraft, und ‚frei', das heißt dort ‚free'.

Ihr müsst wie Tiere wieder tanzen, dann werdet ihr nicht irr,
der Blues heilt alle eure Wunden, auch die von König Lear.
Wo Zigaretten tödlich glimmen, sind die old folks zu Haus,
befrei'n die Baumwollpflückerssklaven zu der Gitarre von Son House.

Mein Stift hat seinen Blues geschrieben, das Radio es schweigt,
die Tasse Kaffee ausgetrunken, die Uhr halb vier schon zeigt,
und ich verlasss den Rauch der Kneipe, und schaue nicht zurück,
Musik erschafft das Leben neu, der Tod ist nur ein Trick.

Down Bound Train ?

Ich war so im Arsch wie seit Langem nicht mehr. Seit Jahren geplagt von einer zehrenden Angsterkrankung, die mich in entscheidenden Momenten lahmlegen kann und mich mit ihren Panikattacken zur schmerzgeplagten Marionette werden lässt, war ich nun am Ende meiner Kräfte angelangt. Zudem war ich Single und hatte auch fast keine Freunde mehr. Einer nach dem anderen hatte sich verabschiedet, entweder, weil er mit meiner unsteten Art, mit meinem Drogenkonsum oder mit meiner Arroganz nicht klarkam. Viele hatten einfach vor diesem Bündel an Problemen, das ich war, kapituliert. Ich bin Künstler, Schriftsteller und Musiker, und ich hatte mich vor fast 20 Jahren bewusst für diesen Weg entschieden. Nicht, weil ich um jeden Preis Ruhm wollte, sondern, weil ich für meine herausschreiende Seele keine andere Wahl sah. Und, na ja, viel weniger pathetisch, weil es mich erfüllte und glücklich machte. Die Kunst hatte mich um so manches Riff segeln lassen, so manche Nacht, so mancher Abgrund war dank ihr gemeistert worden. Und, ja – ein paar Kröten hatte mir das Ganze auch eingebracht.

Doch jetzt war eine Durststrecke. Ich hatte schon seit langem kein Album mehr veröffentlicht, die ohnehin wenigen Fans orientierten sich anderweitig und in meinem Privatleben ereignete sich Fiasko um Fiasko. Angefangen mit dem Selbstmord meiner Lebensgefährtin vor sechs Jahren über mehrere glücklose Affären mit vergebenen Frauen, Verlusten von Freundschaften, mit denen auch das Vertrauen in Menschen mehr und mehr schwand, bis hin zu der kolossalen Fehlinvestition in Bumbola-Kakao-Aktien. Ich war wieder da, vor ich vor Jahren schon einmal gewesen war: Am Rande der Gesellschaft.

Das ist das Los des Künstlers. Man hat eine große Freiheit und kann sich selbst verwirklichen, man ist sich aber in den entscheidenden Momenten auch gnadenlos selbst ausgeliefert, wo andere von einem regelmäßigen Job oder sozialen Kontakten gehalten und gestärkt werden.

Ich war einsam! Verdammt einsam!

Den Tag hatte ich mit Fernsehen und gelegentlichem Telefonieren herumgebracht. Ich hatte lustlos meinen Haushalt gemacht und immer wieder auf dem Bett gelegen. Zumindest heute keine Angstattacke. Gegen Abend musste ich wieder an meine verstorbene Freundin denken und verspürte plötzlich eine übergroße Sehnsucht nach dem Himmel, eine Lust darauf, ihr zu folgen und endlich all dieses ganze Elend hinter mir zu haben. Eine Weile schwelgte ich in diesen Vorstellungen. Kurz nickte ich weg. Als ich wieder zu mir kam, war ich abermals erfüllt von dieser Rastlosigkeit, die mir anzeigte, dass mich das Leben vorwärts trieb, dass es mich nicht aus seinen Händen entlassen wollte. Nein, was für ein blöder Gedanke war das gewesen, sterben zu wollen! Nein, oh nein, ich wollte leben, leben, auf dem Leben reiten, vom Leben geritten werden, auf den Schaumkronen des Lebens triumphieren, ehe mich die Welle an den Strand spülte oder herabriss in den dunklen Abgrund.

Ich war hibbelig, es kribbelte am ganzen Körper, ich musste heute nochmal aus dem Haus, irgendwo hin, wo Menschen sind. Ich warf einen Blick auf die Uhr. 2200 Uhr. Der Grieche ein paar Straßen weiter müsste noch auf haben. Ich zog mich an, warf mir meine Lederjacke über und verließ meine Wohnung.

Draußen war es noch warm. Ich schwang mich auf mein Fahrrad und fuhr zur Taverne Apollon.

Vor dem Restaurant sind Tische und Stühle aufgebaut und rund um einen dieser Tische sitzen tatsächlich noch ein paar Leute. Ich kenne sie vom Sehen. Es sind Menschen aus dem Stadtteil, Freunde, oder besser Leidens-und Lebensgenossen, Weggefährten. Sie sind alle gut 10 Jahre älter als ich und haben Bier und Wein vor sich auf dem Tisch stehen. Sie kommen meist erst spät ins Apollon, dann, wenn kein ordentlicher Bürger mehr auf ihren Alkoholkonsum schielt. Auch sie, so wie ich, Reiter des Lebens, wissend um die Möglichkeit des Scheiterns, doch willens, auf der Welle zu surfen und diesen Becher bis zum Schluss zu trinken.

Erst setze ich mich an einen anderen Tisch und esse schweigend ein Gyros, jedoch schweift mein Blick immer wieder herüber zum Tisch des Grüppchens. Mia sitzt dort, die wasserstoffblonde

Endvierzigerin, die einen verrucht-erotischen Touch hat. Und ihr Lover, der coole, distanzierte Grieche Stavros, der sie kaum beachtet. Daneben Mike, der Musikfreak mit den leuchtenden Augen und Margot, die taffe Sozialarbeiterin mit der Kodderschnauze. Sollte ich meine blasierte Abgekehrtheit fallen lassen und ihnen offenbaren, dass ich nichts besseres war als sie, ja, dass ich sie schon seit langem heimlich beobachtete und bewunderte, jeden von ihnen insgeheim bereits ins Herz geschlossen hatte?

„Du heißt doch Markus, oder?", ruft mir plötzlich Mia durch die hohle Hand zu. „Setz dich doch zu uns!" „Störe ich denn auch nicht?", frage ich schüchtern. „Aber was!", lacht Mike, „Komm her, Platz ist in der kleinsten Hütte!"

Erlöst stehe ich auf und gehe rüber zu den Vieren. Ich bin eine Barfliege, wie Bukowski. Ich summe immer um *den* Tisch, wo am meisten für mich abfällt an Wärme und Zuneigung. So komme ich durch die Nacht. Aber schon Bob Dylan hat gesungen: „*Nenn mir einen, der kein Parasit ist, und ich geh raus und sag ein Gebet für ihn!*"

Bei Kristatos, dem Wirt, bestelle ich einen Wein, er stellt mir ungefragt auch einen Ouzo hin. „Und ihr wohnt alle hier in der Gegend?", frage ich. Ich bin angekommen. Der Abend ist gerettet. „Ja", sagt Mike, „Alle so im Umkreis von zwei Kilometern!". „Du bist der Sohn von Tankred Müller, nicht?", fragt Mia. „Ja", sage ich, „Ich höre auf den geistreichen Namen Markus Müller!" „Ich habe als Kind neben dem Bruder von deinem Vater gewohnt und John und Lutz waren meine Spielkameraden. Weißt du, was die heute machen?" „Ja klar", lache ich, „sind ja meine Cousins. Die arbeiten beide bei einer Versicherung!" Mia lacht auch: „Ja, das passt zu ihnen! Schon als Kinder haben die immer bei Schneeballschlachten in der Ecke gestanden und gesagt: ‚Huh! Kommt uns nicht zu nahe! Schnee ist nass!' Ich grinse, dabei, denke ich im Stillen, war ich auch so ein schüchternes Kind. Nur, dass ich kein Versicherungsangestellter geworden bin.

Margot schaltet sich ein: „Wisst ihr was? Mein Sohn hat gebumst!" „Du meinst, er ist jetzt keine Jungfrau mehr?". Stavros wird hellhörig. Dieses Thema interessiert ihn. „Nein!", blafft Margot, „ Er hat bums macht, mit Auto gegen Pfosten!" „Ach so…" Stavros sinkt wieder gelangweilt in seinen Stuhl zurück. „Uuuund…", fügt Margot hinzu, „Ich war aufm Konzert von David Garrett!" Jetzt springt Mike an! „David Garrett ist Rock'nRoll. Der ist auf der richtigen Seite!" Mike zückt sein Smartphone, geht auf youtube und klickt David Garrett an. Und da sieht man ihn schon geigen und seine langen Haare schütteln, Paganini ist nichts dagegen. "Den findest du toll?", frage ich skeptisch, "Nur, weil der lange Haare hat? Also ich find den furchtbar geleckt, so'n Frauenschwarm, Schwiegermutters Liebling und so." Mike guckt mich entwaffnend freundlich an: "Aha, du bist wohl ein Musikfaschist. Immer nur Atzedatze und Led Zep, was? Immer auf die Zwölf! Und alles andere sind Frauenversteher und Schlagerheinis? Da machst du es dir sehr einfach. Was meint denn unsere Margot dazu?" Margots Wangen bekommen einen roten Schimmer: "Oah, der ist volle Kanüle, sag ich euch. Endgeil, aber echt. Da hört man die Englein singen. Die ganze Nacht hatte ich seine Melodien noch im Kopf!" Kurz fällt mir eine Stelle aus Hesses Steppenwolf ein, in der Harry Haller mit dem Saxophonisten Pablo über Wert und Unwert von Unterhaltungsmusik schwadroniert. Pablo erklärt ihm, dass nicht nur der Bach und der Mozart, sondern auch der neueste Jazzschlager von Leuten im Bett memoriert wird, und somit auch zur Musik der Ewigkeit gehört. Harry Haller soll im "Steppenwolf" lernen, dass seine Urteile über die Welt komplett relativ sind und gleichwertig mit anderen. Bin ich hier auch auf so einem Lerntrip? Ja, vielleicht bin ich Musikfaschist. Aber ich kann doch jetzt nicht alles, woran ich glaube, relativieren und Led Zep auf eine Stufe stellen mit David Garrett und Andrea Berg!

"Wollt ihr mal wissen, was ich so höre?", frage ich angepiekt. "Ja, gerne!", Mia schürzt die Lippen und wirft mir einen lasziven Blick zu. Ich wende mich an Mike. "Gib mal 'Max Prosa, Mein Kind' ein!" Der Song müsste den Leuten doch gefallen. Der ist eingängig und hat einen schönen Refrain. Und der Max ist als Typ auch ein Hingucker. Mike tippt Max Prosa ein und startet den Song "Mein Kind". "In überfüllten Kellern voller Rauch um Mitternacht, hab ich mir all die Gedanken noch ein weit'res mal gemacht..." schmettert Max im Wechsel von Dur und Moll. "Aha", sagt Stavros, "Denken tut der..." Das Lied handelt von Verlorenheit und Heimkehr. Doch mein Wunsch, damit zu punkten, läuft ins Leere. Niemand will hier in den

Spiegel schauen. Margot quakt: "Mann, mach das aus, von dem Lied krich ich ja Depris!" Stavros wirft einen abfälligen Blick auf das Display des Smartphones: "Jammerschwuchtel, geh doch zu Mama!" grummelt er. Mia will die Situation retten und sagt: "Nein, das hat schon Qualität. Aber uns ist heute mehr nach Feiern zu Mute und nicht nach Reflexion." Mike guckt traurig. Er mag alle Musik, die mit Leidenschaft daherkommt. "Mach dir nichts draus, Markus, die meinen's nicht so. Ich find's dufte!" "Doch!", sage ich, deutlich verletzt, "Die meinen's so. Die wollen kein Leben, die wollen nur 'ne Attrappe! Wofür schreib ich eigentlich noch Songs, wenn doch Andrea Berg das große Ding ist!" Einen Momentlang droht die Situation zu kippen. Stavros spannt die Muskeln an, jederzeit bereit, Mia zu verteidigen. Margots strahlendes Lächeln biegt sich nach unten... Ich reiße mich am Riemen. Dann also saufen, saufen und vergessen. "Wie wär's mit Westernhagen!?" rufe ich eine Spur zu enthusiastisch. "Ja!", schreit Mike. Wir brauchen kein Playback. "Draußen ist es grau, ich sitz mit dir hier blau, ob ich mir 'n Küsschen klau, nu lass das doch, du alte Sau! Mit Pfefferminz bin ich dein Prinz, dein Prinz, dein Prinz!". Alle Mann grölen den alten Song von Marius und sind happy. Prolls sind leicht berechenbar. Ich erhebe mich und proste den anderen zu: "Besser Rotwein, als tot sein!" Jetzt habe ich endgültig mein Niveau unterschritten. Macht nix.

Wir bestellen einen Wein und einen Ouzo nach dem anderen und werden immer betrunkener. Die Fröhlichkeit braust auf gleich einem verzweifelten Tornado, der das dahinterliegende schwarze Loch zu verdecken sucht. Immer derber werden die Sprüche, immer sexistischer das Verhalten der Männer. Margot bringt das tödliche Thema auf den Tisch: "Welche von uns Frauen findet ihr eigentlich am Schönsten?" Strahlend und mit rotglühenden Wangen zwinkert sie Mike zu, in dessen leuchtenden Augen sie einen lebendigen Menschen zu sehen vermeint. Mike sagt schroff mit knallharter Weinfahne: "Mia! Mia ist die geilste hier. So eine geile Schlampe! Mann, die hat doch schon richtige Blaslippen! Und du Margot, bist hässlich! Du säufst einfach zu viel! Guck dir doch deine Plauze an. Und deine signalroten Weinbäckchen!" Mike, der einst so nette Mike schnappt nach Luft. Eine Sekunde ist Ruhe, dann heult Margot wie eine Sirene auf. Tränen schießen aus ihren Augen, sie hämmert mit den Fäusten auf den Tisch. Stavros steht gefährlich langsam auf. "Du willst meine Frau ficken, du Schnapsnase?", sagt er in ruhigem, aber bedrohlichen Tonfall. Mike überreißt es "Ey, Stavi, deine Braut? Mia ist doch die schärfste Fotze, die hier in der Gegend rumschlampt. Was meinst du, wen die schon alles in der Kiste hatte! Der läuft doch der Muschisaft die Beine runter, wenn's heiß ist!" "Mike, ich warne dich!", raunt Stavros erstaunlich cool. Dann packt er mit einer lässigen Handbewegung den Tisch und kippt ihn in Mikes Richtung um. Die Getränke fliegen Mike und mir auf die Jacken, Mike fällt hintenüber von seinem Stuhl. "Du hast meine Frau eine Schlampe genannt, du Missgeburt!?" Stavros kann nicht mehr an sich halten. Er schreit jetzt. Mit einem geübten Satz springt er über den umgekippten Tisch, zieht ein Klappmesser aus der Hosentasche und bohrt es in Mikes Brust. Mit einem reißenden Geräusch schlitzt er den Oberkörper des Musikfans auf. "Da, du geiler Bock!" Stavros spuckt Mike ins Gesicht, dann schnappt er sich die bis in ihre platinblonden Haarspitzen zitternde Mia und verschwindet zwischen den Häuserblocks.

Mike stöhnt. In seinen Augen glänzt Panik. "Ich brauch 'n Arzt! Schnell! 'N Arzt, bidde!" Ich greife mir sein Smartphone, das auf der Erde liegt. Dann wähle ich 112. Zum Glück ist die Taverne Apollon nicht weit von einem Krankenhaus entfernt. Ich stelle den Tisch wieder hin und setze mich. Mike hält seine Strickjacke auf seine Wunde und drückt das Blut ab. Schließlich kommt der Krankenwagen, es gibt ein paar Formalitäten, dann nehmen sie Mike mit. Bevor er im Wagen verschwindet, zwinkert er mir mit seinen wieder leuchtenden Augen zu: "Ey, wir beide gehn mal richtig rocken auf ein cooles Konzert!" Abgang. Mit heulender Sirene braust die Ambulanz davon.

Ich sinke in mir zusammen. Margot schluchzt aus tiefster Seele. "Er hat gesagt, dass ich hässlich bin! Und ich liebe ihn doch so!" Die Schluchzer schütteln Margots ganzen Körper. "Ich hab doch ein gutes Herz. Nicht so wie dieses kühle Flittchen Mia! Aber der Herr Jesus liebt mich, der liebt mich immer, ich bin nicht allein. Oh, scheiße, doch! Ich bin sooooo allein." Ich lege den Arm um sie. "Du hast mehrere Pflegekinder aufgenommen, nicht?", frage ich sie. "Ja.", sagt Margot und wischt sich eine Träne ab. "Die Jungs sind mein ganzer Stolz. Aber die machen auch Probleme. Manchmal kann ich auch nicht mehr! Auch, wenn ich Gott hab!" "Ich mag dich.", sage ich und meine es. "Du hast dein Herz auf dem rechten Fleck. Menschen, die in dieser Gegend noch weinen können, sind das Salz der Erde. Die Lampen dieses Stadtteils. Dass du jetzt hier weinst und du selber bist, ist viel wertvoller, als das knallige Gefeier eben die ganze Zeit. Das hier ist jetzt 'ne Sternstunde in deinem Leben. In unser beider Leben." Margot schaut mich mit großen, tränenfeuchten Augen an und ich sehe etwas in ihnen: Wahrheit und Leben. Der teuflische Taumel aus Ersatzbefriedigungen kann nicht endgültig wegmachen, was echt ist. Dass wir alle einsam sind, dass wir uns alle nach Liebe sehnen, dass wir alle irgendwo dazugehören wollen. Wenn Masken und Tische fallen, sind wir wieder so, wie Gott uns schuf und die Schlange uns verdarb. Enttäuscht, verletzt, gekränkt, frustriert und geleitet vom Fixstern des Liebesfunkens in unseren Seelen.

Kristatos kommt raus und bringt uns noch ungerührt einen Ouzo. "Die heutige Sause geht aufs Haus.", sagt er, "Ist ja keiner mehr hier zum Zahlen."

Auf dem Tisch liegt immer noch Mikes Smartphone. "Darf ich Musik anmachen?", frage ich. "Klar", seufzt Margot. "Können wir uns auf Bruce Springsteen einigen?" "Oh, ja!", jubelt Margot. "Der Boss! Mach mal 'Down Bound Train'!" Nanu, Margot steht auf die melancholischen Dinger vom Boss? Naja, mich wundert gar nichts mehr. Ich bin ja schließlich auch ein in Kategorien denkender Musikfaschist. Ich rufe youtube auf und klicke eine schöne Liveversion von Springsteens Klagegesang. Und der down bound train schnauft schwermütig durch die Nacht. Ich lebe. Und ich genieße es, Mensch zu sein.

Magdalena

Ich gehe zum Fenster und schaue hinaus auf die nächtliche Stadt. Draußen tobt der Krieg der Engel und Vampire, der Alkoholzombies und lustmordenden Freier, aber dieser geht völlig still und unbemerkt vonstatten, sodass die braven Bürger nicht in ihrem Schlaf gestört werden. Sogar die kleine, nahe bei meinem Haus gelegene Disco ist komplett schallisoliert, sodass kein Lärm nach außen dringt. Nur manchmal hört man eine zu Boden klirrende Flasche oder den juchzenden Schrei eines nächtlichen Herumtreibers. Kurz gehe ich auf meinen Balkon, um die Luft zu wittern. Es hat geregnet und die Bäume an der Straße tropfen schwer vor Feuchtigkeit. Die Luft ist wie gereinigt von der verdickten Schwüle des Nachmittags, das aufregende Flair der Nacht, die bald ein Morgen werden will, fängt mich für einige Augenblicke ein. Aber dann wende ich mich wieder um, schließe die Balkontür und gehe zurück in mein Zimmer.

Magdalena dreht sich unruhig im Schlaf hin und her und murmelt irgendetwas. Ihre Hände krampfen sich in das weiße Satinkissen. Ich betrachte sie. Sie hat wahrscheinlich gerade einen Albtraum, aber ihr Gebaren wirkt auf mich wunderschön. Ihre Finger, wie sie sich ins Kissen krallen und wieder loslassen, ihre wunderschönen Mädchenfinger! Ihre schwarzen, geöffneten Haare, wie sie um ihren Kopf und auf ihren Rücken fallen, auf ihre weißen Schultern und auf das schwarze Seidennachthemd, das neben ihr im Bett liegt. Mein schönes Mädchen, mein Engel der Nacht! Und doch kenne ich sie gar nicht. Faktisch ist sie eine völlig Fremde für mich, denn ich hatte sie vor heute Abend nie gesehen. Und dennoch…es gibt ein Einander-Kennen, eine Vertrautheit, die sich über die Wärme der Haut einstellt, über die Berührung von Körper zu Körper. Und plötzlich ist es, als wäre man sich schon immer nah gewesen. Das ist eine Vertrautheit der Seelen, ein wortloses Bekenntnis zueinander, das keine Treueschwüre braucht, kein ‚Ich liebe dich‘, kein ‚In guten wie in schlechten Zeiten‘. Es kann wenige Stunden dauern, oder eine ganze Nacht, aber im Hautkontakt ist man in Ewigkeit verbunden und war schon immer beieinander.

Ich lächle. Magdalena ist eine von diesen, bei denen sich die eigentümliche Nähe sofort eingestellt hatte. Ich hatte sie in der Disco aufgerissen, nach drei Bacardi-Colas und zwei Police- Songs hintereinander. Ins Close Up ging ich öfter am Wochenende. Sie spielten dort meine Musik und man konnte dort leicht Frauen kennenlernen. Magdalena stand an der Bar in einem schwarzen Minikleid und trank Baileys auf Eis. Ungefähr fünf Männer, die ich ebenso wie sie noch nie hier gesehen hatte, umschwärmten sie gockelhaft. Jeder kam ihr mindestens einmal so nahe, dass man vermuten konnte, er hätte etwas mit ihr. Magdalena ließ es geschehen. Sie gab sich allen diesen Männern willig hin, schien es mir, floss wie Wasser von Form zu Form. In ihren Augen brannte ein trauriges Feuer. Als wäre es das Wissen um eine Aufgabe, die zu groß ist, sie zu erfüllen, eine Bürde, zu schwer, sie zu tragen, und sie trug die Bürde dennoch, sie erfüllte die Aufgabe trotzdem.

Sie war ein Engel, eine Dienerin, das erkannte ich schnell, denn ich war versiert durch jahrelange Erfahrung im Nachtleben. Ich wusste, dass sie jemanden brauchte, mit dem sie sich über ihre Bürde austauschen konnte, jemanden, der ihr ähnlich war. Und ich wusste, dass ich derjenige war. Doch ich traute mich nicht sofort an sie heran. Ihre Begleiter störten. So trank ich eine Bacardi-Cola nach der anderen und wartete meinen Moment ab.

Die Stunden vergingen. Schließlich verließen drei der Männer den Raum, nachdem sie sich von Magdalena mit Küsschen verabschiedet hatten. Der DJ legte ‚So lonely' von the Police auf. Mir kribbelte es am ganzen Körper. Jetzt sollte ich es wagen. Aber ich traute mich nicht. Da kam mir ein genialer Einfall. Ich sagte mir: Wenn der DJ jetzt noch einen Song von the Police spielt, mache ich sie an. Die Chance, dass im Close Up zwei Stücke einer Band hintereinander gespielt würden, war sehr gering. So hoffte ich, Zeit schinden zu können. Doch als die letzten Akkorde von ‚So lonely' verklangen, folgte sofort das Riff von ‚Message in a Bottle'. Da wusste ich, dass ich handeln musste!

Ich bahnte mir einen Weg durch die Tanzenden, bis ich die Bar erreicht hatte. Dann schaltete ich meinen Kopf aus und übergab an meine Instinkte. Ich tanzte dieses schöne Mädchen einfach an, wie von selber umfassten meine Hände ihre Hüften und zogen sie an mich. Und es gab keine Abwehr bei Magdalena. Sie schien zu spüren, dass ich ganz eins mit meiner Absicht war, sie zu erobern, und wurde davon angesteckt, gab sich in meine Arme. Ihr Becken rieb sich kreisend an meinem, wich zurück, kam mir wieder nah. Ich umschlang ihren Oberkörper, und für Sekunden standen wir so aneinandergeschmiegt, wie zwei zusammengehörige Sternenstaubpartikel, die beim Urknall getrennt worden waren und nun wieder zueinander gefunden hatten, sich nun festhielten wie im Irrsinn, um sich ja nie wieder zu verlieren.

Ich weiß nicht, wie lange wir miteinander tanzten, wie oft wir uns küssten, wie und wo ich sie berührte, denn all das geschah in einem ekstatischen Fluss. Als ich wieder zu mir kam, saßen wir im Kneipenraum des Close Up an einem Tischchen und sie tupfte mir mit einem Taschentuch den Schweiß von der Stirn. „Da hast du dich ja ganz schön verausgabt!", sagte sie mit einem neckischen Lächeln. „Ja.", sagte ich, „When the dancer becomes the dance!" Sie steckte ihr Taschentuch ein und sah mich aufmerksam an. "Wie heißt du?" fragte sie mich. Ich nannte meinen Namen. Sie sah mich wieder eine Zeitlang an, dann erhob sie ihre Stimme, und es schwang etwas Bedeutungsvolles darin mit: "Ich heiße Magdalena.". Ich sah sie an. Sie war sehr blass, aber angenehm blass, und ihre Lippen sehr rot, obwohl ungeschminkt. Sie trug überhaupt keine Schminke, was ihre natürliche Schönheit gut zur Geltung brachte. Ihre Haare waren schwarz, ebenso ihre Augen, die aber einen gütigen Touch ins Braune hatten.

An den Tischen um uns herum war geschäftiges Gemurmel, aber ich hatte das Gefühl, dass niemand uns wahrnahm, dass wir geschützt waren vor den Augen und Ohren der anderen, als ob uns ein Tarnring umgab, so dass wir ungestört reden konnten. Es war plötzlich eine greifbare Stille zwischen uns und das Gemurmel der anderen Leute schien in den Hintergrund zu treten. Sie sah mich mit hellsichtigen Augen an. „Wie du heißt, hast du mir nun gesagt, aber noch nicht, wer du bist." Also darum ging es zwischen uns. Ich konnte und wollte nicht ausweichen. „Ich", entgegnete ich, „bin ein alter Haudegen im Krieg der Engel und Vampire. Ich bin ein Nachtschwärmer, der schon viel Wahrheit in Discos wie dieser gefunden hat. Und wer bist du?" „Ich", antwortete Magdalena, als sei damit alles gesagt, „bin Kinderkrankenschwester auf der

Geburtenstation." „Ich hätte dich für eine heilige Hure gehalten.", gab ich zu. „Man sieht immer das in anderen Menschen, was man sehen will.", lächelte Magdalena, „Und vielleicht immer das, was man gerade braucht. Aber du hast recht, ich schlafe mit sehr vielen Männern. Jeder Mann hat ein Kind in sich, das es gilt, auf die Welt zu bringen.". Ich konnte nicht ausmachen, ob ihre letzten Worte ernst oder ironisch gewesen waren, also nahm ich den Faden auf. „Ich habe vorhin in deinen Augen so etwas gesehen, wie eine Bürde, eine übermenschliche Aufgabe. Vielleicht haben wir uns getroffen, damit ich dir tragen helfe.". Sie lächelte: „Bist du so eine Art Engel oder Jesus, der anderen ihre Bürde abnimmt? Mmh, ich finde, du solltest dich mehr um dich selber kümmern; woher willst du wissen, ob mir das, was ich tue, nicht ganz leicht fällt?". Ich schwieg. „Willst du mit mir schlafen?", fragte sie ernst. Ich nickte. Magdalena beugte sich vor und küsste mich zart auf die Stirn.

So begann es zwischen uns. Ich nahm sie mit nach Hause, und wir schliefen miteinander, während draußen der unbemerkte Krieg tobte. Sie stöhnte unter meinen Händen, sie schrie vor Lust, als ich in sie eindrang, und sie genoss die Erniedrigung, als sie völlig wehrlos war, und ich weiter fickte, als sie schon gekommen war.

Sie sah mich an. „Man hat dich nie gebrochen, oder?", fragte sie. „Doch.", sagte ich. „Aber so oft, dass alle, die es wieder tun, immer denken, es wäre zum ersten Mal. Es denkt auch jede Frau, mit der ich schlafe, es wäre mein erstes Mal, und sie müsse mir erst alles zeigen.". Magdalena sieht mich an, und in ihren Augen funkelt es. „Darf ich dich reiten?", fragt sie. „Ja.", sage ich schlicht. Stöhnend vor Geilheit drückt Magdalena mich rücklings aufs Bett und steigt auf meinen steifen Schwanz. Sie fliegt davon. Verliert sich. Fickt sich in die totale Bewusstlosigkeit. Als sie spürt, dass ich kurz vorm Orgasmus bin, drückt sie mit der Hand auf meinen Brustkorb. Da fliege auch ich mit einem lauten Schrei davon, unsere Seelen vereinigen sich und stürzen ineinander, ich spritze tief in sie ab, und wir kugeln uns unter lauten Schreien aus dem Bett und ficken in völliger Raserei weiter. Es wird dunkel um uns, und wir sind nur noch der reine Fick. Erst, als ich in ihren Po eindringen will, wimmert sie leise. Ich breche das Liebesspiel ab.

Wir sitzen auf dem Fußboden in der uns umgebenden, warmen Energie des Vertrauens und der Lust und sehen uns an wie Kinder. „Deine Bürde ist der Hass, nicht wahr?"., fragte Magdalena. Ich sah sie liebevoll an. „Deine doch auch.", sage ich. „Darf ich dich töten?", fragt Magdalena. „Nein.", sage ich. „Und wenn ich es doch tue?", fragt sie. Sie hat ein Messer in der Hand, das irgendwo auf dem Boden gelegen haben muss. Vermutlich ist es bei unserem Liebesspiel von irgendeinem Tisch gefallen. Sie stößt zu.

Wir sahen uns an. Der Ort war nicht so ortlos, wie wir gedacht hatten. Es war immer noch mein Zimmer. Wir raunen einander zu: „Unsere gemeinsame Bürde ist, dass wir nicht aufhören können zu lieben, nicht wahr?". „Das ist keine Bürde.", sage ich. Das ist wunderschön." . Dankbar uns liebkosend sinken wir ineinander und küssen uns immer und immer wieder. Innig und hingegeben streicheln wir einander und zerfließen.

Jetzt stehe ich am Bett und betrachte ihren Schlaf. Draußen, über den Bäumen, verblassen langsam die Sterne. Ich lege mich zu Magdalena, drehe sie auf die Seite und berühre ihre Brüste, die sich unter ihrem Nachthemd abzeichnen. Magdalena wacht auf und schaut mich verschlafen an. „Wie spät ist es?", fragt sie. „Gleich vier.", sage ich. „Oh!", ruft sie und schüttelt ihre Haare, „Ich muss los, mich vorbereiten für die Schicht!" „Wie schade.", entfährt es mir. Sie blinzelt mich freundlich an, und ich küsse sie. Ich setze mich auf dem Bett auf und schaue zu, wie sie sich anzieht, als wäre es das natürlichste von der Welt, so schnell von einer Liebesnacht auf arbeiten gehen umschalten zu können. Sie ist wach, nicht mehr von den wonnigen Resten unserer Nacht umfangen. „Es war schön mit dir!", sagt sie, als sie fertig angezogen vor mir steht. „Sei nicht traurig, ja?". Sie beugt sich vor und gibt mir einen Kuss auf die Stirn, wie schon im Close Up. „Ich bin aber traurig.", sage ich. „Das ist keine Bürde.", sagt sie. „Das ist ein hohes Gut. Vielleicht eine Gnade. Dass ich mich jetzt so schnell für die Arbeit fertig machen kann, tut mir selber auch weh. Es hat mit etwas zu tun, was ich getan habe, und du nicht. Du hast dich nie verkauft. Und sei sicher. Auch das tat ich freiwillig. Es war mein einer, großer Fehler." „Aus Angst, nicht?", fragte ich. „Ja.", sagt sie. „Ich tat alle meine Fehler aus Angst.". „Ich auch.", sage ich. „Angst vor der Gewalt." „Hast du mal getötet?", fragt sie. „Nicht mehr und nicht weniger, als wir uns heute Nacht beide getötet haben.". Ich lächle, und sie fällt in mich. Ich nehme ihre Hand und drücke sie. Dann geht Magdalena.

Ich bleibe auf dem Bett sitzen. Ich spüre Traurigkeit in mir, und kann nicht recht entscheiden, ob es eine schöne, oder eine verzweifelte Traurigkeit ist. Wir hatten es geschafft, uns unsere Bürde gegenseitig abzunehmen, als wir uns nichts mehr vortäuschten. Zumindest hatte ich das gehofft. Doch dann spüre ich, dass es nichts als Täuschung war. Ihr schwarzes Seidennachthemd liegt noch auf dem Boden. Ich hebe es auf. Sie hat es hier zurückgelassen, als sei es nichts wert. Als brauche sie es nicht. Ich bewege es in meinen Händen. Und dann denke ich: „Warum trägt eine Frau, die tanzen geht, ein Nachthemd drunter? Sie wollte doch wohl jemanden kennenlernen, der mit ihr schläft…?"… Und da merke ich…dass dieses Nachthemd der Schutz, die feine Membran um ihre Zerbrechlichkeit gewesen war. Das „Nein!", das sie nicht mehr in Worte fassen konnte. Und ich weine bitterlich. Weine um sie, ringe die Hände, schreie laut: „Komm doch zurück!".

Ich weiß nun, dass sie ihre Bürde weiter tragen wird. Die Bürde, sich für Sex verkauft zu haben. Es war nie die Angst, die zwischen uns stand. Auch nicht der Tod. Nicht einmal die Tatsache, dass auch ich schon irgendwann einmal ein Freier gewesen war. Es war die Tatsache, dass wir uns heute wirklich zum ersten Mal gesehen hatten. Dass wir nichts miteinander auszutragen hatten. Uns nichts abbezahlen mussten. Dass es kein Deal war. Kein Karma. Vielleicht nicht einmal Schicksal. Sie kann sich selber nicht vergeben, sie selber zu sein, das spürte ich. Sie wird immer jemanden brauchen, und ihn in dem Moment verraten und allein lassen, indem ihr klar wird, dass sie ihn braucht.

Ich seufze. Ich nehme das Nachthemd behutsam in beide Hände, ziehe die Vorhänge vom Fenster und trete auf den Balkon. Der Krieg der Engel und Vampire, der Alkoholzombies und lustmordenden Freier ist vorüber. Die Sonne geht auf, und die Vögel singen. Und der Garten unter dem Balkon ist wie das Paradies. „Magdalena!", rufe ich, „Es ist unser Morgen!"

Nackter Morgen

Nackt ist der Schoß einer Morgengeweihten,
nackt sind die Lenden ihr zu beiden Seiten,
nackt ist der Jüngling, der seinem Instinkt
nachfolgt, und ihr in den Unterleib sinkt.

Weise ist sie, wie ein Tischtuch gefaltet,
kondoliert, ehe er völlig erkaltet,
wirkt, dass er, noch ehe tiefer es geht,
golden erleuchtet vom Grab aufersteht.

"Danke.", sagt er, und ergreift seine Mütze,
starrt unverwandt auf das Rot ihrer Zitze.
Ruhe und Frieden und kindliche Lust
hat sie in ihm zu erwecken gewusst.

Nadelgleich ist das Verlangen des Mannes,
Jesus wächst an, gleichsam schwindet Johannes.
Mädchen sind Männern ein gütiger Spiegel,
brechen mit Liebe ihr siebentes Siegel.

Begegnungen im Bus

Der Polizeifunk piept im Smartphone , und ich fliehe,
und renne durch die Wiesen hin zum Bus,
ein Zug noch an dem Joint, den ich grad ziehe,
der Bus kommt, durchatmen, und Schluss.

Ich sitze zitternd in dem Bus nach Norden,
ein Meer wartet vertraut auf mich,
ich wäre gern schon dort, nicht hier beim Morden,
und beim ermordet werden, sicherlich.

Ein Typ mir gegenüber lüpft die Maske,
und sagt: „Der Busfahrer ist hier kulant.
Er lässt mich atmen. Ach, und ich bin Baske,
ich werd' verfolgt in meinem eig'nen Land."

Der Ticker meiner Newsapp lässt mich schaudern,
schon wieder Tote, diesmal auf Hawaii,
„Four dead in Ohio", und Zaudern
befällt mich. Wann, wann bin ich frei?

Dann schmeiße ich das Smartphone aus dem Fenster,
und denke kurz noch „Deutschland ist dein Feind",
auch auf dem Handy jagen mich Gespenster,
sie lachen irre, wenn ein Menschlein weint.

Ein Kind sagt strahlend dann zu seinem Papa:
„Oh, Papa, du bist wunderbar!",
dann knuddelt es ihn, irgendwo tönt Zappa
aus einem Earphone. Kinder sprechen wahr.

Ich seh den Papa an, er zuckt gefährlich,
vom Kinderfragenstress schon ganz vertiert,
ich sag zu ihm: „Die Kinder meinen's ehrlich.",
Er grinst gequält: „Nee, es manipuliert.".

Da fängt das Kind zu weinen an und flennen,
und schlägt mit seinem Kopf gegen das Glas
der Scheibe, mir ist nach Wegrennen,
„Sie töten Kinder", singt das Wiesengras.

Er saß einst neben mir im Busse,
ich dachte, er wär wohl ein Polizist.
War es ein Baske, Deutscher oder Russe?
Das weiß ich nicht. Doch er sah aus wie Christ.

Er blieb mir wichtig in den ganzen Jahren,
weil ich verstand, dass *ich* es unterstell':
die Bullen, Mörder, Diebe und Gefahren,
die Schüsse in der Nacht, das Hundsgebell.

„Erst, wenn die Schatten fallen, komm ich wieder,
wenn jedem es so geht, wie dir und mir,
wenn jeder an dem Kreuz hing, hoch und nieder,
wenn man den Menschen jagt, so wie ein Tier."

Er drückte meine Hand, gab mir ein Nicken,
„Es ist dasselbe Boot für dich und mich.",
Ein Freund, kein Bulle. Er stärkt mir den Rücken,
auch wenn ich erstmal voller Scham wegschlich.

Doch dann sah ich die Sonne in den Bergen,
den Sonnenaufgang auch über dem Meer,
ich sah sie lebend steigen aus den Särgen,
und wünschte IHN, und meine Liebste her.

Und ich lief durch die Felder ihm entgegen,
und ganz von fern roch salzig ich das Meer,
da heulten die Sirenen. Schüsse! Regen!
Sie waren hinter mir, und doch: Der Bus kam eher.

Und langsam sink ich in den Sessel,
und seh' Rapsfelder, die vorüberflieh'n,
ich riech das Meer, und spür' die alte Fessel,
und für Momente sehe ich auch IHN.

für Martin Flohr und seinen Song „Am Strand", und Herbert Grönemeyer und sein Video zu „Bleibt alles anders".

Kuschelzone

Sie stand dort im Blitzlichtgewitter,
und hielt dieses Flashlight nicht aus,
die Presse schafft immer nur Zwitter,
sie warf die Reporter hinaus.

Sie schuf eine Welt unter Wasser,
für alle, die bei ihr gern sind,
verboten der Club für die Hasser,
eine Zuflucht fürs innere Kind.

Wir gehen durch Straßen des Lebens,
und sehen Graffitis uns an,
vielleicht war ja doch nichts vergebens,
auch, wenn man es nicht fühlen kann.

Ich liebe dein Haar in der Sonne,
ich liebe das Licht, das mir frommt,
das „FCK NZS" da auf der Tonne,
den Morgen, wenn er wiederkommt.

Für Julia Hummer

Paranoia und Blütenstaub

Sie wurden alle, alle, alle, alle, alle rausgeschossen
aus Paranoia und aus Blütenstaub, und sind hierher geflossen.
Sie wollten alle, alle, alle, alle, alle glücklich sein,
doch heute sind sie vielfach alle und nur noch allein.

Die Wege führen auch im Licht stets durch die Unterstadt,
weil dort der Fluss fließt, und weil sie `nen Mc. Donalds hat.
Darüber würde man nicht singen, das ist zu profan,
nur, dass dort Anja wohnt, ist schön, gleich bei der Straßenbahn.

Das, was zusammenhält, ist meistens ein Magnet,
der dafür sorgt, dass sich magnetisch etwas dreht.
Was nicht dazupasst, stößt er ab und vor den Kopf,
oft ist ein Magnet zwar sexy, doch ein armer Tropf.

Und Explosionen krachen, Leben birst hervor,
erst fliegt ein Ball, dann bau'n sie auf das Tor,
dann kommt das Spiel, davor ist wie danach,
und dann das Publikum, ein Mann im Ohr, er sprach.

Man macht `ne Platte, dann noch eine, dann ist man es leid,
dass dieser Mann im Ohr stets einteilt Raum und Geld und Zeit,
der Hund, der frei rumläuft, sucht nicht his masters voice,
er sucht den maker of it all, to love, to sing and to rejoice.

Dann traf ich Anja bei den Telegrafenmasten,
wo die Signale klopften, und wir uns anfassten,
und den Magneten, den sie bei sich trug, warf sie ins Gras.
Wir waren beide nackt, wir hatten unsern Spaß.

Sie wurden alle, alle, alle, alle, alle, so wie Flasche leer,
und Paranoia und auch Blütenstaub floss in ein Becken her,
der Frau, die es empfing und drauf kein Kind gebar,
sie lachte im Orgasmus, bis er fertig war.

Leaving Las Vegas

Buntbetupft die Au der Wiesen,
leise fließt der Fluss,
in der Ferne stöhnen Riesen,
in der Asche sterben Ziesen,
wenn ich gehen muss.

Dichter fand sein Bett im Dunkeln,
Seher fand das Land,
wo die gold'nen Sterne funkeln,
nachts am Kai die Kähne munkeln,
an der Liebsten Hand.

Tief in ihre Augen schauen,
in die Brüste sinken,
und im Dunst der Sommerauen
sich verlieren dort im Blauen,
und in ihr ertrinken.

Seher in der Wüstenei,
Babylons Kaschemme,
Dichter aber ist schon frei,
fand im Schmutz Kolumbus' Ei,
Lämmer in der Schwemme.

Fand den Untergang, das Leben,
Ich und Selbst und Es,
Wesen in den Spinnenweben,
die als Engel sich erheben,
nach Los Angeles.

Und der Dichter hält die Hand,
wenn der Seher ringt,
wenn ihm birst Herz und Verstand,
weil er hier nicht Heimat fand,
doch der Dichter singt.

Und es loben Tauben, Spatzen,
Rotkehlchen mit Schall
müde Körper auf Matratzen,
und die trunk'nen, flieh'nden Katzen,
jene, die an Rinden kratzen,
und den süßen Harz wegschmatzen:
Lerche, Nachtigall.

Las Vegas=Die Wiesenauen am Fluss
Los Angeles=Die Engel

Mein Gedicht spielt natürlich auf den gleichnamigen Film mit Nicholas Cage
und Elisabeth Shue an, ist aber auch Andreas Vierk gewidmet, und dessen
wunderbaren neuen Gedichtbänden „Goldfisch" und „Taumellyrik".

Ein Nackter mit einem Messer in der Hand läuft durch den Garten vor dem Hochhaus. Eine hübsche, junge, dunkelhaarige Frau mit schwarzen Strapsen verlässt das Haus über die Treppe nach einem Liebesabenteuer. Von den oberen Stockwerken her ertönt ein Schrei. Ein Schuss fällt. Dann springt jemand von einem Balkon im 7. Stock und schlägt hart auf dem Asphalt auf. Zwei Polizeibeamte entdecken vor dem Haus ein weiteres Messer, eine Pistole und eine beinahe leere Tavordose. Da sie so beschäftigt damit sind, die Spuren zu sichern, entgeht ihnen das ovale Ufo, das am Morgenhimmel langsam davonfliegt. In seiner Wohnung im 6. Stock wacht Blumfeld, ein älterer Junggeselle, aus unruhigen Träumen auf, und stellt fest, dass er sich in ein ungeheures Sommerloch verwandelt hat, und die ihm nachspringenden Bälle wieder in die wohlgeformten Titten vom Gummipuppenfriedhof. Er nimmt sich seine Kuscheltiere Minka und Elvira vor, und verwandelt sich in Quader Quadrolsky. Am Himmel erscheinen die Sonne und ein laut heranschwirrender Polizeihubschrauber. Jochen Distelmeyer ist draußen auf Kaution, und Dirk von Lowtzow wird fast von einem Freiburger Fahrradfahrer überfahren. Ich trage einen Topf und einen Deckel auf dem Kopf, als ich das Haus verlasse. Es riecht nach Ozon, und Gott gießt die Blumen. Auch die des Bösen.

***

157

Für Nina

Hoch am Himmel steht ein Stern.
Immer muss er einsam wandern,
niemals sieht er einen andern,
aber ich, ich hab ihn gern.

Manches Bächlein wird ein Fluss.
Auf dem Wege von der Quelle
schlägt er manche hohe Welle,
doch im Meer er enden muss.

In der Sonne lichtem Spiel
wirken helle Lebensgeister,
jeder findet seinen Meister,
und der Himmel ist das Ziel.

Oft im Sonnenuntergang
kann ich dein Gesicht erkennen,
und die Sehnsucht muss dann brennen,
manchmal viele Stunden lang.

Für Nina Lorbach, in Erinnerung.

Für Roxana

Wo niemand war,
wo's niemand sah,
haben wir Luzifer besiegt.
In Träumen nur
ging unsre Spur,
während die Welten sich bekriegt.
Und deine Hand
schlug den Verstand,
als sie im Sturm die meine hielt.
Ich war ein Kind,
der Teufel blind,
er dachte mordend, dass er spielt.
Dein Augenlicht
traf mein Gesicht,
da wurde ich vom Wahn geheilt.
Ein süßer Schmerz
durchdrang mein Herz,
wenn du bei mir im Bett verweilt.
Im Kleinen siegt
man, wenn man liegt,
wenn man ein andres Herz sehr mag.
Und ohne List
hab ich geküsst;
wir waren Helden...für einen Tag.

Für Roxana, meine große Liebe,
die schon auf die andere Seite gewechselt ist.

Über den Autor

Patrick Rabe wurde 1976 in Hamburg geboren. Nach 14-jähriger Schulzeit auf einer Waldorf- und einer Staatsschule, die bereits geprägt war von künstlerischen Projekten im schriftstellerischen, musikalischen und Theaterbereich, ging er 1997 ins Ruhrgebiet, um Krankenpfleger zu werden, und seine Studien über das Leben zu betreiben. Eine Krise führte ihn bereits 1998 wieder nach Hamburg, wo er sich einer Künstlergruppe anschloss und sich anschickte, seine alten Talente neu zu entdecken. Die Entscheidung für ein Leben als Künstler fällte er bewusst.

Von 2001 bis 2015 war er Mitglied des Theaterlabor 82 und war außerdem an mehreren Performances von Andreas Leuze beteiligt. Er war Straßen-und Kneipenmusiker, veranstaltete Konzerte und Lesungen. Zwischen 2005 und 2018 ist er als Mitgründer an der Literaturgruppe SeelenPFlug beteiligt, und gab die Ochsenzoller Patientenzeitung „Durchblick" federführend mit heraus. Mit ihrem Chefredakteur Stefan Goreiski veranstaltete er auch mehrere Solo-bzw. Duolesungen, mit Stefan Goreiski am Akkordeon. Er wurde in mehreren Anthologien veröffentlicht und gewann 1998 den Sommer-Poetry-Slam im Fools Garden in Hamburg und 2006 den März-Poetry Slam in der Ponybar. (Heute „Slam the Pony", der beliebteste Slam der Slamszene von Hamburg). Er ist seit 1993 auch Singer-Songwriter und Übersetzer von Songs, Gedichten und Prosa und nahm im Jahr 2017 das Album „Rotblond" zu Ehren seiner verstorbenen Lebensgefährtin auf.

2010 erschien **Beide Seiten des Fensters,** Gedichte und Kurzgeschichten, bei Books on Demand. (Zur Zeit vergriffen, Neuauflage geplant.)

2015 erschien **Eros und Agape**, Geschichten und Gedichte über die Liebe, bei Books on Demand.

2016 erschien **Gottes Zelt**, Glaubens-und Liebesgedichte, bei Books on Demand.

2017 erschien **Sulamiths Äpfel**, Poeme aus dem Garten der Geschlechter, bei Books on Demand.

2020 erschien **Er war lange weg, der Mann**, Gedichte und Kurzprosa, bei Books on Demand.

Ebenfalls 2020 erschien **Californischer Wein – ein amerikanischer Hymnus**, bei Books on Demand.

Und nun, 2021: **Jeanne, Magdalena und der Geruch von Ozon,** bei Books on Demand.

To be continued…